講談社文庫

福の神

大江戸閻魔帳㈥

藤井邦夫

講談社

目次

『福の神　大江戸閻魔帳（六）』――人物紹介

青山麟太郎　元浜町の閻魔長屋に住む若い浪人。戯作者閻魔堂赤鬼。
蔦　日本橋通油町の地本問屋『蔦屋』の二代目。蔦屋重三郎の娘。
梶原八兵衛　南町奉行所臨時廻り同心。
辰五郎　岡っ引。連雀町の親分。
亀吉　下っ引。
永井弾正　直参旗本家の家督を病死した兄から継ぎ、兄嫁の弥生を娶る。
利平　千鳥橋西詰にある一膳飯屋『千鳥』の老亭主。
おゆき　閻魔長屋の住人。大工の半七の女房。
彦六　閻魔堂の中で熱を出し倒れていた老人。
米造　米沢町の口入屋『恵比寿屋』の主。福助に似ている。
根岸肥前守　南町奉行。麟太郎のことを気にかける。
正木平九郎　南町奉行内与力。代々、根岸家に仕える。

福の神

大江戸閻魔帳（えんまちょう）（六）

第一話　御贔屓

一

浜町堀に月影が揺れた。

やはり、何者かが見ている……。

青山麟太郎は、背後に人の視線を感じながら浜町堀に架かっている緑橋を渡った。

何者かの視線は、両国広小路で戯作者仲間と酒を飲み、小料理屋を出た時から感じた。

偶々の事……。

麟太郎は、大して気にも留めずに戯作者仲間と別れ、元浜町の閻魔長屋に向かった。

横山町の通りを進んでいた時、再び何者かの見詰める視線を背中に感じた。

麟太郎は振り返った。

月に照らされた暗い通りに人影は見えなかった。

気の所為か……。

麟太郎は、再び横山町の通りを浜町堀に進んだ。そして、浜町堀に架かっている緑橋を渡る時、背後に何者かの視線を感じたのだ。

やはり、何者かが追って来ている。

見定める……。

麟太郎は、緑橋を渡って浜町堀沿いの道を進んだ。そして、元浜町の裏通りに曲がった。

裏通りは暗かった。

麟太郎は走った。

裏通りには閻魔堂があり、傍には閻魔長屋の木戸がある。

麟太郎は、閻魔堂の中に駆け込んだ。

そして、目を剥いている閻魔像に素早く手を合わせ、格子戸越しに裏通りを窺った。

塗笠を被った武士が追って現れ、辺りを窺いながら裏通りを進んで行った。

奴か……。

麟太郎は、視線の主を見定めた。

顔は分からない……。

麟太郎は、閻魔堂を出た。そして、裏通りの暗がりを窺いながら去って行く塗笠を被った武士を見送った。

朝陽が映える腰高障子が激しく叩かれた。

麟太郎は、蒲団から跳び起きて腰高障子を見た。

腰高障子には女の影が映っていた。

「誰だ……」

麟太郎は、寝惚け眼を擦った。

「私よ。麟太郎さん……」

地本問屋『蔦屋』の女主のお蔦の声がした。

「おお。二代目か、入ってくれ」

「入ってくれって、心張棒が掛かっているわよ」

お蔦の苛立つ声がした。

「あっ、そうか……」

麟太郎は、昨夜、浪人に後を尾行られ、閻魔長屋の家の腰高障子に心張棒を掛けて寝たのを思い出した。

「ね、早く開けてよ」

「おう……」

麟太郎は、蒲団を出て腰高障子の心張棒を外した。

「どうしたの。珍しく心張棒、掛けちゃって」

お蔦が入って来た。

「う、うん。ちょいとな。それより、何か用か……」

今、地本問屋『蔦屋』で〆切りの迫った仕事はしていなく、急な用はない筈だ。

「此、知っている……」

お蔦は、懐から一冊の絵草紙を取り出して麟太郎に差し出した。

「絵草紙……」

麟太郎は、怪訝な面持ちで絵草紙を手に取った。

絵草紙には、外題が『陰獣旗本乱れ舞』と毒々しく書かれていた。

「何だ、此は……」

麟太郎は、戸惑いを浮かべた。

「駿河台の旗本屋敷の事が実名で書かれているのよ……」

「実名で……」

麟太郎は、絵草紙を捲った。

半裸の男と女が絡み合う挿絵と永井の文字があった。

お蔦は、外題の脇に小さく書かれている戯作者の名前を指差した。

「ええ。で、書いた戯作者は閻魔堂青鬼……」

「閻魔堂青鬼だと……」

麟太郎は眉をひそめた。

「ええ。戯作者閻魔堂赤鬼と一文字違い。世間は間違えて、閻魔堂赤鬼が書いたと思っているらしいわよ」

お蔦は、麟太郎に疑いの眼差しを向けた。

「知らぬ。俺は何も知らぬぞ……」

戯作者閻魔堂赤鬼こと青山麟太郎は、困惑を浮かべた。

「嘘偽りはないのね」

お蔦は念を押した。

「云う迄もない。で、どんな話なんだ」

麟太郎は腹立たしげに告げ、絵草紙『陰獣旗本乱れ舞』を見詰めた。

「それが、二年前、駿河台は四千石取りの直参旗本永井織部さまが、胃の腑の長の患いの末に亡くなり、弟の弾正さまが家督を継いだのです……」

お蔦は、『陰獣旗本乱れ舞』の筋立を話し始めた。

「良くある話だな……」

「ええ。で、織部さまの喪が明け、弾正さまは後家になった兄嫁の弥生さまを娶った」

「そいつも時々ある話だな」

「だが、その真相は、弥生さまと弾正さまが情を交わしていて、病の織部さまに秘かに毒を盛ったのだと……」

お蔦は、喉を鳴らした。

「弟と奥方が秘かに毒を盛った……」

麟太郎は、満面に厳しさを滲ませた。

「ええ。その話に出て来る者は皆、永井家の人たちの実名で書かれており、直参旗本や御家人の間では秘かな評判になっているそうですよ」

お蔦は眉をひそめた。

「そりゃあ、実在する旗本家の出来事が実名でそんな風に書かれていれば評判にもなるだろう」

麟太郎は、啞然たる面持ちになった。

「それで、世間は書いた閻魔堂青鬼は戯作者の閻魔堂赤鬼で版元は蔦屋だろうって……」

お蔦は、困惑を浮かべた。

「冗談じゃあない……」

「本当ね、麟太郎さん……」

お蔦は、麟太郎を見詰めた。

「当たり前だ。俺がそんな話を書く訳がないだろう」

麟太郎は、不愉快そうに眉をひそめた。

「それで、此の話は続きがあってね、二冊目、三冊目が出るらしいのよ」

「続きがあるのか……」

「ええ、噂だけどね……」

「で、版元は分からないか……」

「ええ。ま、絵草紙を出すには、戯作者だけではなく、版元が挿絵を描く絵師、版木に彫る彫師、紙に刷る摺師を手配して初めて出来るもの。その辺を調べれば分かるかもね」

お蔦は読んだ。

「うん。そうか……」

麟太郎は、昨夜の追って来た塗笠を被った武士を思い出した。

「どうかしたの……」

「昨夜、妙な武士に後を尾行られてな……」

「えっ……」

「此の絵草紙と拘わりがあるのかもしれぬ」

麟太郎は、絵草紙『陰獣旗本乱れ舞』を厳しい面持ちで見詰めた。

「そうね。麟太郎さんを此の絵草紙を書いた閻魔堂青鬼と思い込んで、恨みを晴らそうとしているのかもね」

お蔦は読み、苦笑した。

「二代目、笑い事じゃあないぞ」

麟太郎は、お蔦を睨んだ。

「そりゃあそうだけど……」

「二代目、実名で家の事を絵草紙に書かれた永井家の者たちはどうしている」

「さあ、外も満足に歩けないと思いますよ」

「だろうな……」

麟太郎は頷(うなず)いた。

「で、どうするの……」

「そりゃあ、閻魔堂青鬼を見付け出して、俺じゃあないのをはっきりさせる」

麟太郎は云い放った。


南町奉行所の役宅は表とは違い、静けさに満ちていた。

南町奉行の根岸肥前守(ねぎしひぜんのかみ)は、役宅の庭で盆栽の手入れをしていた。

「御奉行……」

内与力(うちよりき)の正木平九郎(まさきへいくろう)は、一冊の絵草紙を手にして廊下にやって来た。

「どうした、平九郎……」

肥前守は、盆栽の手入れの手を止めて縁側に腰掛けた。

「此を……」

平九郎は、絵草紙を差し出した。

「絵草紙か……」

肥前守は手に取った。

「左様にございます」

「陰獣旗本乱れ舞……」

肥前守は、外題を読んで眉をひそめた。

「何だ此は。麟太郎が書いたのか……」

「いいえ。戯作者は閻魔堂青鬼となっております」

「閻魔堂青鬼……」

肥前守は、戸惑いを浮かべた。

「はい。麟太郎どのは閻魔堂赤鬼、一文字ですが違います」

「うむ。して、どのような筋立なのだ」

「はい。ある旗本が、病で亡くなった兄の後を継いでその家の家督を相続し、後家の兄嫁を娶った顚末が書かれています」

「確か何処かの旗本家の家督相続にそのような話があったと思うが……」

「はい。駿河台は旗本永井家の実際の家督相続の経緯にございます」

「ならば、実在する旗本家の家督相続話なのか……」

「はい。それも、登場人物は皆、実名で書かれております」

「実名で……」

肥前守は、厳しさを滲ませた。

「はい。弾正さまと兄嫁の弥生さまが情を交わし、織部さまに毒を盛って殺し、子供のいなかった永井家の家督を奪ったと……」

平九郎は眉をひそめた。

「そいつが陰獣旗本乱れ舞か……」

絵草紙を見詰めた。

「はい。永井家に何かが起こるやも……」

平九郎は読んだ。

「うむ……」

「今の処、我ら町奉行所には拘わりのない事かと存じますが……」

平九郎は、肥前守の指示を仰いだ。

「よし。平九郎、この一件、梶原八兵衛に秘かに調べさせてみろ」

肥前守は命じた。

神田川の流れは煌めいていた。

麟太郎は、神田川沿いの淡路坂を上がって太田姫稲荷の前を抜け、南に曲がった。

旗本屋敷が連なっていた。

麟太郎は、旗本屋敷街を進んだ。

二人の若侍が、或る旗本屋敷を眺めながら何事かを囁き合い、嘲笑っていた。

あの屋敷だ……。

麟太郎は、二人の若侍のいる旗本屋敷に進んだ。

二人の若侍は、麟太郎に気が付いてそそくさと立ち去った。

麟太郎は、旗本屋敷の前に立ち止まった。

旗本屋敷は表門を閉め、出入りする者はいなかった。

絵草紙『陰獣旗本乱れ舞』に書かれた旗本永井家の屋敷だった。

麟太郎は、旗本永井屋敷を窺った。

永井屋敷は、息を潜めているかのように暗く沈んでいた。

絵草紙『陰獣旗本乱れ舞』に書かれた事が本当かどうかは分からない。だが、書いた戯作者の閻魔堂青鬼は、永井家の内情に詳しい者に違いない。

麟太郎は読んだ。

絵草紙を書いた閻魔堂青鬼は、毒を盛られた永井織部を哀れむ者か、或(ある)いは不正を憎む者に違いないのだ。

いずれにしろ今、永井家家中は張り詰めた緊張感と疑心暗鬼に満ち溢(あふ)れている。

麟太郎は苦笑した。

そして、閻魔堂青鬼は、戯作者閻魔堂赤鬼を知っての筆名に他ならない。

ひょっとしたら、俺を知っている奴なのかもしれない……。

麟太郎は想いを巡らせた。

「麟太郎さん……」

麟太郎は、呼び掛ける声に振り返った。

下(した)っ引(ぴき)の亀吉(かめきち)がやって来た。

「やあ、亀さん……」

麟太郎は迎えた。

「梶原の旦那と親分が太田姫稲荷に……」

亀吉は告げた。

「そうですか……」

麟太郎は頷いた。

太田姫稲荷は、赤い幟旗を風にはためかせていた。

南町奉行所臨時廻り同心の梶原八兵衛と岡っ引の連雀町の辰五郎は、太田姫稲荷の境内の隅の茶店で茶を啜っていた。

麟太郎と亀吉がやって来た。

「父っつあん、茶を二つ、追加だ」

辰五郎は、茶店の老爺に注文した。

「やあ……」

麟太郎は、梶原や辰五郎と挨拶を交わして縁台に腰掛けた。

「陰獣旗本乱れ舞か……」

梶原は笑った。

「ええ。閻魔堂青鬼なんて巫山戯た筆名で書いた奴が誰か、突き止めようと思いましてね」

麟太郎は苦笑した。

「心当りはないのですか……」

辰五郎は眉をひそめた。

「はい。で、梶原の旦那たちは……」

「何かが起こるかもしれない。秘かに調べてみろと、内与力の正木平九郎さまが仰られてね……」

「正木さまの指図となると、御奉行の肥前守さまも御存知の事ですか……」

麟太郎は尋ねた。

「うむ。絵草紙陰獣旗本乱れ舞に書かれた話が本当なら御公儀も見過ごしには出来ぬ。御奉行も事の成行きが気になるのだろう」

梶原は読んだ。

「で、どうします」

「うむ。先ずは絵草紙に書かれた話が本当なら、此奴は主殺しだ。永井弾正と弥生の人柄と身辺を調べ、拘わる者たちに聞き込みを掛けるしかあるまい」

梶原は眉をひそめた。

「そうですね」

「麟太郎さんはどうする……」

「実は昨夜、戯作者仲間と酒を飲んだ帰りに得体の知れぬ武士に尾行られましてね。

その時は未だ陰獣旗本乱れ舞を知らなかったので撒いたのですが、ひょっとしたら、俺を閻魔堂青鬼だと思っての事だったのかもしれません……」

「もし、そうだとしたら、得体の知れぬ武士は永井家に拘わりのある者か……」

梶原は読んだ。

「ええ。陰獣旗本乱れ舞の続きを書かせぬ為に何かを企んでいるのか……」

「乗ってみるつもりか……」

「ええ。今の処、それしかありません」

「ならば、呉々も気を付けて……」

「心得ました」

麟太郎は頷いた。

麟太郎は、梶原、辰五郎、亀吉と別れ、永井屋敷に戻った。

永井屋敷は、先程とは変った様子は窺えなかった。

さあて、どう出る……。

麟太郎は、これ見よがしに永井屋敷の前に佇み、見廻した。

閉められた表門や潜り戸の向こうに人の気配が窺えた。

麟太郎は嘲笑った。

永井屋敷から三人の若い家来が現れ、麟太郎を囲んだ。

「何だ、俺に用か……」

麟太郎は、三人の若い家来に笑い掛けた。

「何故、笑った……」

三人の若い家来は熱り立っていた。

「昨夜、読んだ絵草紙を思い出してな」

麟太郎は煽った。

「おのれ、何者だ……」

若い家来は、怒りに声を震わせた。

「俺か、俺は戯作者の閻魔堂赤鬼だ……」

麟太郎は、笑顔で名乗った。

「何……」

三人の若い家来は、刀の柄を握り締めた。

「慌てるな。閻魔堂赤鬼だ。青鬼ではない」

麟太郎は制した。

「赤鬼……」

三人の若い家来は、戸惑いを浮かべた。

「如何にも。青鬼は赤鬼と云う俺の名を一字変えて名乗っているのだ」

麟太郎は告げた。

「そいつに嘘偽りはないか……」

羽織袴の背の高い武士が現れた。

「神尾さま……」

三人の若い家来は、羽織袴の背の高い武士に頭を下げた。

神尾……。

麟太郎は知った。

「おぬし、閻魔堂青鬼なる戯作者ではないのだな……」

神尾と呼ばれた背の高い武士は、麟太郎を見据えた。

「如何にも、俺は閻魔堂赤鬼、赤鬼だ」

「ならば何故、永井屋敷の前を彷徨いていた」

「閻魔堂青鬼と名乗る者は、おそらく俺を知っている者。永井屋敷にいないかと思ってな」

「成る程。して……」

「表門を閉め、閉じ籠られていては見定める事も出来ぬ……」

麟太郎は笑った。

「そうか。ならば、屋敷に入り、家中の者共に知り合いはいないか、見定めるが良い」

神尾は、冷笑を浮かべて云い放った。

「か、神尾さま……」

三人の若い家来は狼狽えた。

「閻魔堂青鬼が家中の者かどうか分かれば、不都合はあるまい」

「は、はい……」

「赤鬼どの、拙者は永井家馬廻組頭神尾又四郎だ……」

背の高い武士は、神尾又四郎と名乗った。

「うむ。ならば神尾どの、お屋敷に案内して貰おう」

麟太郎は微笑んだ。

二

永井屋敷は、厳しい雰囲気に満ち溢れていた。

殿さまの弟と奥方が結託し、先代を毒殺して家督を奪ったと実名で絵草紙に書かれては家中の雰囲気が良い筈はない。

殿さまの弾正と奥方の弥生は、全身から怒りを漂わせて爆発寸前なのだ。

家来や奉公人たちは、皆無口になり、余計な真似はせず、仕事をそそくさと済まして身を潜めていた。

麟太郎は、神尾又四郎と共に屋敷内を廻り、見知っている者を捜した。しかし、永井家家中の家来や奉公人に見知っている者はいなかった。

神尾は、麟太郎を馬廻組の用部屋に誘った。

組下の家来が茶を差し出した。

「忝い……」

麟太郎は茶を啜った。

「知っている者はいないか……」

神尾は尋ねた。

「ああ。だが、俺が知らなくても、向こうが知っている事もある」

麟太郎は苦笑した。

「うむ。ならば……」

神尾は眉をひそめた。

「永井屋敷を出てからが勝負かと……」

麟太郎は笑みを浮かべた。

「うむ……」

神尾は頷いた。

「処で神尾どの、閻魔堂青鬼の陰獣旗本乱れ舞に書かれていた事、何処迄本当なのかな」

麟太郎は、小細工なしに尋ねた。

「赤鬼どの、絵草紙に書かれていた事はすべて嘘偽り、本当の事など何一つありません」

神尾は、麟太郎を見据えて告げた。

「ならば、嘘偽りの物語に実の名を使われたと申されますか……」

麟太郎は眉をひそめた。

「如何にも。我が殿弾正さまと奥方弥生さまを陥れようとの何者かの陰謀……」

神尾は読んだ。

「陰謀……」

麟太郎は、神尾を見詰めた。

「左様……」

神尾は、麟太郎を見詰めて頷いた。

「ならば、何者かが弾正どのと奥方どのを恨んでいて……」

「かもしれぬが……」

神尾は、言葉を濁した。

「かもしれぬが……」

麟太郎は訊き返した。

「何者かが永井家の家督を狙っての事もあり得る」

「成る程。いるのですか、永井家の家督を狙っている者が……」

「うむ。永井家分家の嫡男、我が殿の従兄弟の恭之助さま……」

永井家は、殿弾正の叔父の兵庫が八百石の旗本として分家しており、恭之助はその嫡男だった。

「永井家分家の恭之助どの……」

「左様。御父上である兵庫さま、殿の叔父上だが、中々のお人でしてな……」

神尾は、主筋である永井兵庫に気を使った云い方をした。

「永井兵庫と恭之助父子。屋敷は何処です」

「本郷の御弓町……」

「分かりました。ならば、そろそろ……」

麟太郎は微笑んだ。

「うむ。もし、狙い通りの時は、速やかに御報せ願いたい」

神尾は、麟太郎を見据えて頼んだ。

「心得た……」

麟太郎は頷いた。

永井屋敷の潜り戸は軋みをあげて閉まった。

麟太郎は、出て来た永井屋敷を振り返った。

永井屋敷は静けさに覆われた。

さあて、どうなる……。

麟太郎は、淡路坂に向かった。

淡路坂は神田川沿いにあり、下りると神田八ツ小路に出る。

麟太郎は、人通りの少ない淡路坂を下りながら背後を窺った。

尾行て来る者はいない……。

閻魔堂青鬼は、永井家家中の者ではないのかもしれない。

だが、未だそう云い切れるものでもない。

麟太郎は、己にそう云い聞かせ、背後の気配を窺いながら淡路坂を下った。

梶原八兵衛、辰五郎、亀吉は、永井弾正と奥方の弥生の人柄と先代織部が長患いの床に就いていた頃の素行を調べた。

部屋住みだった頃の弾正は、大身旗本家の者らしく悪い仲間と連んで馬鹿な遊びもせず、真面目で目立たない存在だった。

奥方の弥生は、娘の頃から茶や琴などの習い事をし、永井織部に嫁いでからは屋敷から出る事もなく暮した。そして、夫の織部が長の患いで寝込み、看病の日々が続いたのだ。

「奥方さま、娘の時と嫁いでからは、随分な違いですね」

辰五郎は眉をひそめた。

「ああ。ひょっとしたら、こんな筈じゃあなかったと、思ったかもしれないな」

梶原は苦笑した。

「ええ……」

辰五郎は頷いた。

「それにしても殿さまの永井弾正さま、文武に励む真面目な人柄、病の兄上さまに毒なんて盛りますかね」

亀吉は首を捻った。

「亀吉、真面目だから思い詰めると云う事もある」

梶原は苦笑した。

「真面目だからですか……」

「ああ。よし、親分、奥方の実家に行き、お付きの女中を捜して娘の頃の弥生さまを詳しく調べてくれ。俺は弾正さまをな……」

梶原は命じた。

「承知しました。じゃあ、御免なすって……」

辰五郎は、亀吉を従えて弥生の実家のある牛込に向かった。

「さあて、弾正さんの真面目さ振りを訊きに行くか……」

梶原は、永井弾正と剣術道場で一緒だった知り合いの処に急いだ。


神田八ツ小路は多くの人が行き交っていた。

麟太郎は、八ツ小路から神田川に架かっている昌平橋に差し掛かった。

現れた……。

麟太郎は、背中に何者かの視線を感じた。

昨夜の視線と同じ……。

麟太郎は、昌平橋を渡らずに筋違御門前を抜け、柳原通りに進んだ。

視線は追って来る。

尾行て来る者は、永井屋敷から来た者なのか、それとも淡路坂から八ツ小路で待ち構えていたのかもしれない……。

麟太郎は、それとなく背後から来る者を窺った。

お店のお内儀とお供の女中、職人、托鉢坊主、行商人、お店者、浪人、塗笠を被った武士……。

様々な者がやって来る。

塗笠を被った武士が尾行て来る者なのか……。

麟太郎は、柳原通りを両国広小路に向かって進んだ。

柳原通りの柳並木の枝葉が風に揺れた。

麟太郎は、柳原通りにある柳森稲荷に入った。

柳森稲荷の前には空地があり、七味唐辛子売り、古道具屋、古着屋などの露店が並んでいた。

麟太郎は、柳森稲荷に一礼して鳥居の陰に潜んだ。

塗笠を被った武士は追って来るのか……。

麟太郎は、鳥居の陰から柳原通りを窺った。

お店のお内儀と女中、職人、行商人が通り過ぎ、浪人が空地に入って来た。

麟太郎は尚も柳原通りを見守った。

お店者、托鉢坊主が通り過ぎた。

次は塗笠を被った武士……。

麟太郎は待った。
僅かな刻が過ぎた。
塗笠を被った武士は現れない。
気が付かれたか……。
麟太郎は、柳原通りに戻って左右を窺った。
塗笠を被った武士はいなかった。
麟太郎は戸惑った。
戸惑いながらも、柳原通りの左右を見た。
塗笠を被った武士の姿は、何処にも見えなかった。
途中の辻に曲ったのか……。
何れにしろ、塗笠を被った武士は、尾行て来る者ではなかったのだ。
見当違いだった……。
麟太郎は、己の未熟さに腹立たしさを覚えずにはいられなかった。
で、どうする……。
麟太郎は、元浜町の閻魔長屋に帰るか、本郷に行くか迷った。
よし……。

麟太郎は、柳原通りに戻って浜町堀に向かった。

柳原通りの柳並木は、吹き抜ける川風に一斉に緑の枝葉を揺らした。


梶原八兵衛は、若い頃の遊び仲間の宮坂孝之助の屋敷を訪れた。

「どうした、八兵衛。珍しいな」

小普請組の宮坂は、寛いだ様子で梶原を迎えた。

「うむ。孝之助、お前、永井弾正と知り合いだったな」

「ああ。永井弾正とは若い頃、神道無念流の撃剣館で一緒だったよ」

宮坂は、煙管の煙草を燻らせた。

紫煙が立ち昇った。

「どんな奴だったかな」

「そりゃあもう、生真面目な奴でな。稽古終わりに皆で遊びに行く訳でもなく、真っ直ぐ屋敷に帰っていた。ま、剣術の腕は大した事もなく、身分も大身。俺たちとは余り付合いもなかったよ」

「生真面目で退屈な奴か……」

「ああ……」

宮坂は苦笑した。

「そいつは本性かな……」

梶原は、宮坂を見詰めた。

「八兵衛、永井弾正、何かしたのか……」

宮坂は眉をひそめた。

「うむ。永井弾正、二年前に兄上が病で亡くなって家督を継いだのは知っているな」

「勿論(もちろん)だ」

宮坂は頷いた。

「その時、永井弾正、兄嫁の弥生と情を交わし、兄の織部に毒を盛ったと云う話が絵草紙に実名で書かれ、世間に出廻っているのだ」

「弾正が兄上に毒を盛った……」

宮坂は驚いた。

「ああ。それで永井弾正の人となりをな……」

「そうか。ま、俺の知っている永井弾正は真面目過ぎる程の奴だったが、歳月が経てば誰しも変るからな……」

宮坂は、困惑を浮かべた。

「うむ……」

梶原は頷いた。

外濠に架かっている牛込御門外には、神楽坂が続いている。

辰五郎と亀吉は、神楽坂を上がって毘沙門天で名高い善国寺門前を抜け、肴町に曲がった。そして、藁店を進んで光照寺門前町にやって来た。

光照寺門前町の前には、旗本屋敷が連なっていた。

連なる旗本屋敷の中に、弥生の実家である旗本二千石の松崎内蔵助の屋敷がある。

辰五郎と亀吉は、光照寺門前町の茶店の縁台に腰掛けて茶を頼んだ。

「お待たせしました」

老亭主が茶を持って来た。

「うん。父っつあん、松崎さまのお屋敷は何処かな……」

亀吉は訊いた。

「松崎さまの御屋敷なら、正面の御屋敷の左隣ですよ」

老亭主は、斜向いの旗本屋敷を示した。

「松崎さまの御屋敷には、弥生さまってお嬢さまがいたのを知っているかい」

辰五郎は尋ねた。

「そりゃあ、御屋敷においでになる頃は、いつもうちの前をお通りになられましたので……」

老亭主は頷いた。

「どんな、お嬢さまだったかな」

「お茶にお花にお琴のお稽古。弥生さまは毎日のようにお出掛けになられていましたよ」

「お出掛けの好きな方だったようだね」

辰五郎は読んだ。

「ええ。そりゃあもう……」

老亭主は、意味ありげに小さく笑った。

「父っつあん、何か知っているなら教えて貰おうか……」

辰五郎は、懐の十手(じって)を見せた。

夕陽は浜町堀に映えた。

麟太郎は、浜町堀沿いの道から元浜町の裏通りに入った。

見定める……。
麟太郎は、閻魔堂の中に素早く入った。そして、格子戸越しに裏通りを見張った。
裏通りに浪人が現れた。
奴は……。
麟太郎は眉をひそめた。
浪人は、閻魔堂の傍の閻魔長屋を窺った。
柳森稲荷に入って来た浪人……。
麟太郎は気が付いた。
尾行て来た塗笠を被った武士は、柳森稲荷から浪人と入れ替わっていたのだ。
おのれ……。
麟太郎は、浪人を窺った。
浪人は、木戸から閻魔長屋を窺っていた。
捕らえて誰に頼まれたか吐(は)かせてやる……。
麟太郎は、閻魔堂を出て浪人の背後に忍び寄った。
「あら、麟太郎さん……」
お蔦の声が背後からした。

しまった……。

麟太郎は、お蔦に構わず浪人に向かった。

浪人は振り返った。

麟太郎は、浪人に迫った。

浪人は、傍らにあった手桶を、麟太郎に投げ付けた。

麟太郎は咄嗟に躱した。

浪人は、閻魔長屋の奥に逃げた。

麟太郎は追った。

「麟太郎さん……」

お蔦は、困惑を浮かべて見送った。


夕暮れ時の浜町堀は薄暗く、行き交う船もなかった。

浪人は、閻魔長屋の奥の路地から裏通りに逃げた。

麟太郎は追った。

浪人は、裏通りから浜町堀沿いの道に逃げ、汐見橋に走った。

「待て……」

麟太郎は、猛然と追い縋った。

刹那、浪人は汐見橋から浜町堀に身を躍らせた。

麟太郎は驚いた。

薄暗い浜町堀から水飛沫が上がった。

麟太郎は、汐見橋の欄干から浜町堀を覗いた。

水飛沫は静まり、薄暗い浜町堀の流れに浪人の姿は見えなかった。

「くそ……」

麟太郎は悔しがった。

「麟太郎さん……」

お蔦が、駆け寄って来た。

蕎麦屋の暖簾は夜風に揺れた。

麟太郎は、蕎麦を肴に酒を飲んだ。

「御免なさいね。事情が分からなくて……」

お蔦は詫びた。

「仕方がないさ。で、陰獣旗本乱れ舞の版元、何か分かったのか……」

「それが、知り合いの版元に訊いて廻ったんですが、陰獣旗本乱れ舞を出したのは、やっぱり潜りの版元ですね」

「潜りの版元か……」

「ええ。で、挿絵を描いた絵師ですが、女の姿の筆遣いから見て枕絵を描いている歌川美麿って絵師のようですね」

「歌川美麿、家は何処かな……」

「不忍池の畔の茅町二丁目だそうですよ」

「茅町二丁目……」

「ええ……」

「よし。明日にでも行ってみるよ」

麟太郎は、手酌で酒を飲んだ。

「うん。そうしてみて……」

お蔦は、天麩羅蕎麦を手繰った。

浅草広小路東仲町の小間物屋は、店を開けたばかりで客は少なかった。

「お邪魔しますぜ……」

辰五郎と亀吉は、小間物屋を訪れた。

「いらっしゃいませ……」

帳場にいた中年のお内儀が、男連れの客に微かな戸惑いを滲ませて出て来た。

「あっしは連雀町の辰五郎、こっちは亀吉って者ですが、お内儀のおしまさんはおいでですかい」

辰五郎は、懐の十手を見せた。

「は、はい。おしまは私でございますが……」

お内儀のおしまは、辰五郎に怪訝な眼を向けた。

「他でもありませんが、お内儀さんは昔、牛込の松崎内蔵助さまの御屋敷に奉公していて、お嬢さまの弥生さまのお付き女中をしていたそうですね」

辰五郎は、松崎屋敷の斜向いの茶店の老亭主から弥生のお付き女中がおしまと云う女であり、今は浅草の小間物屋に嫁いでいると聞いてやって来たのだ。

「は、はい。左様にございますが……」

おしまは緊張を滲ませた。

「じゃあ、ちょいと弥生さまの事をね……」

「弥生さま……」

「ええ。弥生さま、娘の頃はお茶にお花にお琴と稽古事に毎日出掛けていたそうですね」

「は、はい……」

おしまは、警戒するかのように頷いた。

「で、出掛けるのはお茶やお花、お琴の稽古だけじゃあなかったとか……」

辰五郎は、おしまを見据えた。

「えっ。そ、それは……」

おしまは口籠(くちご)もった。

「お内儀さん、今でも弥生さまと往(ゆ)き来しているんですか……」

「いいえ。随分と昔の事ですから……」

「だったら遠慮は無用だよ……」

「はい……」

「お内儀さん、弥生さまは娘の頃、お稽古事だと出掛けては、役者遊びをしていたって噂があるのだが、そいつは本当かな……」

辰五郎は笑い掛けた。

「親分さん……」

おしまは、躊躇い勝ちに頷いた。

「本当なんだね」

「私の事は内緒にお願いします」

「勿論だよ」

辰五郎は頷いた。

「弥生さまは、お稽古に行くと仰っては、料理屋で役者と逢引きをしていました」

おしまは、恐ろしそうに声を潜めた。

「やっぱり……」

辰五郎は頷いた。

「親分。どうやら噂は本当のようですね」

亀吉は眉をひそめた。

「ああ。弥生さまの本性、その辺りのようだな……」

辰五郎は頷いた。

不忍池は煌めいていた。

麟太郎は、不忍池の畔を茅町二丁目に向かった。

絵師の歌川美麿を締め上げ、閻魔堂青鬼が何処の誰か吐かしてくれる。

麟太郎は、茅町二丁目の木戸番を訪れた。

「ちょいと尋ねるが、絵師の歌川美麿の家を知っているかな」

「は、はい……」

「じゃあ、ちょいと案内してくれ……」

麟太郎は、木戸番に小粒を握らせた。

「へい……」

木戸番は、弾んだ声で返事をして小粒を握り締めた。

麟太郎は苦笑した。

絵師歌川美麿の家は、不忍池の畔にあった。

「此処ですよ」

木戸番は、板塀を廻した小さな家を示した。

「此処か……」

麟太郎は、木戸番を残して板塀を廻された絵師歌川美麿の家に向かった。

三

絵師歌川美麿の家は静けさに覆われていた。
麟太郎は、板塀の木戸を押した。
木戸は軋みもせずに開いた。
麟太郎は、板塀の内に入った。
正面からまともに行けば、逃げられる恐れがある。
よし……。
麟太郎は、庭先に廻った。
狭い庭の先の家の連なる部屋は、障子が閉められていた。
おそらく居間と座敷だ……。
麟太郎は睨み、居間に忍び寄って中の気配を窺った。
居間に人の声や物音はしなかった。
麟太郎は、座敷の方に移り、やはり気配を窺った。

障子越しに微かに血の臭いがした。

血……。

麟太郎は、障子を開けた。

禿頭(はげあたま)の初老の男が、描き掛けの絵の傍で俯(うつぶ)せに倒れていた。

「おい。どうした……」

麟太郎は、座敷に上がって禿頭の初老の男を抱き起こした。

禿頭の初老の男は、腹を血に濡らしていた。

麟太郎は、禿頭の初老の男の様子を見た。

禿頭の初老の男は、途切れ途切れに微かな息をしていた。

未だ生きている……。

麟太郎は見定めた。

「どうかしましたか……」

木戸番が庭から顔を見せた。

「おお。此奴は絵師の歌川美麿か……」

禿頭の初老の男を木戸番に見せた。

「へ、へい。そうです。歌川美麿さんです……」

木戸番は、禿頭の初老の男を見て頷いた。

「よし。医者を呼んで来てくれ」

麟太郎は頼んだ。

「へい……」

木戸番は、駆け出して行った。

禿頭の初老の男は、絵師の歌川美麿だった。

腹の血の乾き具合から見て、刺されたのは今朝早くのようだ。

麟太郎は読んだ。

歌川美麿が微かに呻(うめ)いた。

「おい。しっかりしろ。誰にやられた……」

麟太郎は、歌川美麿に叫んだ。

歌川美麿は、意識を失って苦しく息をするだけだった。

刺したのは、おそらく素性を知られた閻魔堂青鬼なのだ。

麟太郎は読んだ。

「此処か、絵師の歌川美麿の家は……」

聞き覚えのある声がして、亀吉が庭先に駆け込んで来た。

「やあ、亀さん……」

　麟太郎は呼び掛けた。

「麟太郎さん、お蔦さんに聞いて来たんですが……」

　亀吉は、戸惑いを浮かべた。

「此奴が歌川美麿、絵草紙の陰獣旗本乱れ舞の絵師で、腹を刺されていましたよ」

　麟太郎は告げた。

「それで行ったら、歌川美麿、腹を刺されて虫の息だったのか……」

　梶原は眉をひそめた。

「ええ。おそらく閻魔堂青鬼が歌川美麿に素性を知られ、口を封じようとしたのでしょう」

　麟太郎は読んだ。

「うむ。して、歌川美麿の怪我の具合はどうなのだ」

「お医者の話では、命が助かるか助からないかは、未だ分からないそうです」

　亀吉は報せた。

「どうにか助かって欲しいもんですねえ」

辰五郎は眉をひそめた。

「ああ。ま、何れにしろ、此で我々町奉行所が遠慮なく出張れるか……」

梶原は苦笑した。

絵師は町奉行所の支配であり、梶原や辰五郎たちも大きな顔で探索が出来るのだ。

「ええ……」

「して親分。奥方の弥生、どうだった……」

梶原は尋ねた。

「そいつなんですが。弥生さまの娘の頃をちょいと探ったんですがね……」

「うん……」

「お茶にお花にお琴と、毎日のように、稽古事に出掛けていましてね」

「ほう。毎日のように出掛けていたか……」

「で、いろいろ噂がありましてね。当時のお付きの女中を訪ねて、訊いたんですが……」

「どうだった……」

「稽古と云って出掛けては、お付きの女中を待たせて役者遊びをしていたそうですよ」

辰五郎は報せた。

「そうか……」

梶原は頷いた。

「弥生、そんな女なんですか……」

麟太郎は、弥生の本性を知って驚いた。

「ええ。いろいろありそうな、一筋縄では行かない旗本のお嬢さんだったようですぜ」

辰五郎は苦笑した。

「じゃあ、前の夫の織部どのが長の患いで寝込んでしまってからは……」

麟太郎は眉をひそめた。

「果たして、大人しく看病だけをしていられたか……」

梶原は苦笑した。

「じゃあ……」

「ああ。直ぐ近くに若い義弟の弾正がいたって訳だ。遊び慣れた弥生にとって、真面目で堅物の弾正なんて赤子の手を捻るようなもので、思いのままに操れた……」

梶原は読んだ。

「成る程。で、陰獣の乱れ舞ですか……」

麟太郎は、腹立たしさを覚えた。

「おそらくな……」

梶原は頷いた。

「弾正さまと弥生さま。手綱は弥生さまが握っていますか……」

辰五郎は読んだ。

「ああ。間違いないと思うが、今の処、何の証拠もない……」

梶原は、微かな苛立ちを過ぎらせた。

「閻魔堂青鬼ですか……」

麟太郎は、閻魔堂青鬼がそれらの事実を知って絵草紙を書いたのだと睨んだ。

「ああ。閻魔堂青鬼、証人と云えば証人だな」

梶原は頷いた。

閻魔堂青鬼は、弾正と弥生の悪行に気が付き、絵草紙に書いて世間に訴えようとしたのかもしれない。

麟太郎は、想いを巡らせた。

「で、麟太郎さん、此からどうするつもりだ」

梶原は尋ねた。

「はい。絵草紙を作るには、戯作者と絵師の他に彫師や摺師が拘わっています。彫師や摺師を捜し出し、版元を突き止めれば、閻魔堂青鬼が誰か分かるでしょう」

麟太郎は、探索の手立てを告げた。

「成る程。そいつは良い……」

梶原は笑った。

「亀吉、麟太郎さんのお手伝いをしな」

辰五郎は、亀吉に命じた。

「承知……」

亀吉は頷いた。

「そいつは、大助かりだ……」

麟太郎は喜んだ。


日本橋通油町（にほんばしとおりあぶらちょう）の地本問屋『蔦屋』の店先では、娘客たちが賑（にぎ）やかに役者絵選びをしていた。

「それで、歌川美麿さん、命は助かるの……」

女主のお蔦は眉をひそめた。

「おそらく……」

麟太郎は、首を横に振った。

「そう……」

お蔦は眉をひそめた。

「それで、二代目。陰獣旗本乱れ舞の彫師と摺師が誰か分かったかな」

麟太郎は尋ねた。

「彫師の親方の松蔵(まつぞう)さんによれは、あの字の彫り方の癖から見て、伊左次(いさじ)って彫師じゃあないかって……」

「彫師の伊左次……」

麟太郎は眉をひそめた。

「ええ……」

お蔦は頷いた。

「家は何処です」

亀吉は、身を乗り出した。

「浅草の元鳥越町(もととりごえちょう)だそうですよ」

「えぇ。行きましょう」

麟太郎と亀吉は、地本問屋『蔦屋』の居間から慌ただしく出て行った。


浅草元鳥越町は、蔵前(くらまえ)通りにある浅草御蔵前、鳥越川沿いに広がっている。

麟太郎と亀吉は、元鳥越町の自身番を訪れて彫師の伊左次の家が何処か尋ねた。

彫師の伊左次の家は、鳥越明神の裏手の明神長屋にあった。

明神長屋は、おかみさんたちの洗濯の時も終わり、静けさに満ちていた。

彫師の伊左次の家は、木戸の傍だった。

麟太郎と亀吉は、伊左次の家の腰高障子に忍び寄り、中の様子を窺った。

人の気配がした。

麟太郎と亀吉は頷き合い、腰高障子を開けて踏み込んだ。


「何だ、手前(てめえ)ら……」

版木を彫っていた痩(や)せた男が振り返り、怒声をあげた。

麟太郎と亀吉は、家に上がって伊左次を押さえた。

「彫師の伊左次だな……」

亀吉は、十手を突き付けた。

「え、ええ……」

伊左次は、十手に驚きながら頷いた。

「お前、陰獣旗本乱れ舞って外題の絵草紙の版木を彫ったたな」

麟太郎は、懐から絵草紙『陰獣旗本乱れ舞』を出して伊左次に突き付けた。

「は、はい……」

伊左次は頷いた。

「麟太郎さん……」

亀吉は、小さな笑みを浮かべた。

「ええ……」

「さあて、伊左次。此の絵草紙の版木、何処の版元に頼まれて彫ったのかな……」

「そ、それは……」

亀吉は訊いた。

伊左次は、躊躇(ためらい)を浮かべた。

「口止めされているのか……」

　麟太郎は、伊左次を見据えた。

　伊左次は顔を背けた。

「伊左次、此のままでいたらお前も絵草紙の挿絵を描いた絵師の歌川美麿のように口を封じられるぞ……」

　麟太郎は、厳しく見据えた。

「何だって……」

　伊左次は狼狽えた。

「絵師の歌川美麿、腹を刺されて今、生きるか死ぬかだ。おそらく陰獣旗本乱れ舞に拘わった者を始末しようとしているんだ」

「そんな……」

　伊左次は、恐怖に顔を歪めた。

「伊左次、お前に版木彫りを頼んだ版元は何処の版元だ」

　亀吉は迫った。

「え、絵師の歌川美麿さんです。美麿さんに頼まれて版木を彫ったんです」

　伊左次は、声を震わせた。

「歌川美麿だと……」

「はい……」

「麟太郎さん……」

「伊左次、版木を彫るのを頼んだのは絵師の歌川美麿に間違いないんだな」

麟太郎は念を押した。

「はい。美麿さん、絵草紙を出す仕事を請負い、彫り賃も版元の倍以上払うって云いましてね。それで……」

「引き受けたのか……」

「はい。あの、あっしも美麿さんのように命を狙われているんですか……」

伊左次は、恐怖に震えた。

「ああ。かもしれないな……」

亀吉は脅した。

「亀さん、どうやら今度の絵草紙、閻魔堂青鬼が原稿を絵師の歌川美麿に持ち込み、美麿が版元となって彫師の伊左次と摺師を雇った。伊左次、美麿が雇った摺師が誰か知っているか……」

「さあ、知りません」

「知らないか……」

「伊左次、お前、歌川美麿から閻魔堂青鬼が誰か聞いちゃあいないか……」

亀吉は訊いた。

「さあ、聞いちゃあいません……」

「じゃあ、美麿が近頃、付き合っていた者は知らないかな」

亀吉は、重ねて訊いた。

「近頃、付き合っていた者ですか……」

「うん……」

「そう云えば、一度だけ、お侍と一緒に歩いているのを見た事がありますけど……」

「お侍と……」

麟太郎は眉をひそめた。

「どんな侍だ……」

亀吉は、伊左次を見据えた。

「どんなって、塗笠を被った着流しの侍でしたよ」

「塗笠に着流しか……」

「ええ。じゃあ、あの侍が美麿さんを……」

「はい……」

伊左次は、ぞっとした面持ちになった。

「きっとな。伊左次、殺されたくなければ侍の事、何でも良いから思い出すんだな」

麟太郎は笑い掛けた。

「は、はい……」

伊左次は頷いた。

「麟太郎さん、どうやら閻魔堂青鬼、侍のようですね」

亀吉は読んだ。

「ええ。やはり、永井家と拘わりのある者かもしれません」

「弾正さまと弥生さまの悪事を知り、自分の素性を隠して絵草紙で世間に訴えましたか」

亀吉は眉をひそめた。

「おそらく……」

麟太郎は頷いた。

本郷御弓町の永井屋敷は表門を閉めていた。

麟太郎と亀吉は、物陰から眺めた。

「あの屋敷が永井家の分家ですか……」

「ええ。当主は永井弾正さまの叔父の永井兵庫さまでして、倅の恭之助に本家の家督を継がせたいと願っているそうです」

「じゃあ、今度の絵草紙、陰獣旗本乱れ舞は渡りに船って処ですか……」

亀吉は読んだ。

「ひょっとしたら、その渡りに船、自分たちで漕ぎ出していたりして……」

麟太郎は笑った。

「成る程、そう云うのもありますか……」

「ええ……」

永井屋敷の潜り戸が開いた。

麟太郎と亀吉は、素早く物陰に隠れた。

若い武士が、下男に見送られて出て来た。

「では、恭之助さま、お気を付けて……」

「うむ……」

恭之助と呼ばれた若い武士は、下男に見送られて本郷の通りに向かった。

「倅の恭之助さまのようですね」

亀吉は見定めた。

「ええ。永井恭之助ですね」

麟太郎は頷いた。

「どうします」

「追います」

「じゃあ、あっしが先に行きます。麟太郎さんは後から来て下さい」

「承知……」

麟太郎は頷いた。

亀吉は、本郷の通りに向かう永井恭之助を追った。

麟太郎は続いた。

永井恭之助は、本郷通りを横切って切通しに向かった。

行き先は湯島（ゆしま）天神か……。

亀吉は読んだ。

恭之助は、切通しから湯島天神に向かった。

やはり湯島天神……。

亀吉は尾行た。

湯島天神は参拝客で賑わっていた。

恭之助は、本殿に手を合わせて境内の隅にある茶店に入った。

亀吉は、石灯籠の陰から見張った。

「亀さん……」

麟太郎が追って現れた。

「茶店ですぜ……」

亀吉は、茶店の縁台に腰掛けて茶を飲んでいる恭之助を示した。

「誰かを待っているようですね」

麟太郎は、茶を飲みながら辺りを見廻している恭之助を見守った。

「ええ……」

亀吉は頷いた。

僅かな刻が過ぎた。

恭之助は、参道を見て茶碗を置いた。

麟太郎と亀吉は参道を見た。

参道を来る参拝客の中には、見覚えのある浪人がいた。

「あの浪人……」

麟太郎は気が付いた。

「知っている野郎ですか……」

「ええ。尾行て来たので捕まえようとしたら、浜町堀に飛び込んで逃げた浪人です」

麟太郎は見定めた。

浪人は、茶店の縁台にいる恭之助の隣に腰掛けた。

「恭之助と浪人、どんな拘りなんですかね」

亀吉は、厳しい面持ちで茶店にいる恭之助と浪人を見守った。

恭之助は、浪人と短く言葉を交わして小さな紙包みを渡した。

「麟太郎さん……」

「ええ、切り餅ぐらいの大きさですね」

麟太郎と亀吉は、小さな紙包みを読んだ。

恭之助は、紙包みを懐に入れる浪人を残して茶店を出た。

「恭之助を追います。浪人を……」

「お願いします」

麟太郎は頷いた。
亀吉は、麟太郎を残して恭之助を追った。
浪人は、運ばれた茶を飲んで茶店を出て境内の奥に向かった。
今日は逃がさぬ……。
麟太郎は、境内の奥の東の鳥居に向かう浪人を追った。
浪人は、東の鳥居を潜って男坂を下った。
行き先は不忍池か……。
麟太郎は読んだ。
浪人は、麟太郎の読みの通り煌めく不忍池に向かった。
さあて、不忍池で何をするのか……。
麟太郎は追った。

四

不忍池は煌めいた。
浪人は、不忍池の畔を進んだ。

麟太郎は、充分に距離を取って尾行た。
浪人は、不忍池の畔を進んで古い茶店に入った。
誰かと落ち合うのか……。
麟太郎は、古い茶店の見える木陰に走った。
浪人は、古い茶店の老婆に声を掛けて奥の部屋に入って行った。
麟太郎は、木陰から古い茶店を窺った。
浪人は、古い茶店の奥の部屋で誰かと逢うのか……。
麟太郎は読んだ。
僅かな刻が過ぎた。
古い茶店から老婆の悲鳴が上がった。
麟太郎は、木陰を出て古い茶店に走った。
古い茶店の土間には、店主の老婆が腰を抜かして踠（もが）いていた。
「どうした、婆さん……」
麟太郎が駆け込んで来た。
「へ、部屋で、部屋で……」

老婆は、震える指で奥の部屋を指差した。

麟太郎は、奥の部屋に走った。

奥の狭い部屋には、浪人が胸から血を流して倒れていた。

「おい。どうした……」

麟太郎は、狭い部屋に踏み込んで浪人を抱き起こした。

浪人は、胸を一突きにされて絶命していた。

「しまった……」

麟太郎は、狭い部屋を見廻した。

狭い部屋の窓は開け放たれていた。

浪人を刺し殺した者は、既に窓から逃げたのだ。

「婆さん、浪人、誰と逢っていたんだ」

麟太郎は怒鳴った。

「は、はい。塗笠を被った着流しのお侍です」

老婆は、嗄(しわが)れ声を震わせた。

塗笠を被った着流しの侍……。

麟太郎は、茶店の外に駆け出した。

麟太郎は、茶店から飛び出して左右を見た。

下谷(したや)広小路に続く畔の道に、塗笠を被った着流しの侍が立ち去って行くのが見えた。

追い付けない……。

「くそ……」

麟太郎は、古い茶店の奥の部屋に戻った。

浪人は、恭之助から受け取った小さな紙包みや身許を示す物を持っていなかった。

おそらく、塗笠を被った着流しの侍が持ち去ったのだ。

麟太郎は睨んだ。

「お侍さん、甚八(じんぱち)、死んだのかい……」

茶店の老婆は、恐ろしそうに奥の部屋を覗いた。

「うん。婆さん、此の浪人、知っているのか」

麟太郎は驚いた。

「ああ。甚八って奴でね。此の先に住んでいる絵師の使いっ走りなんかをしている陸でなしだよ」

「此の先の絵師……」

麟太郎は、此の先に住んでいる絵師が歌川美麿だと気が付いた。

「ああ……」

老婆は頷いた。

浪人の甚八は、刺された絵師の歌川美麿の使いっ走りをしており、閻魔堂青鬼と繋いだのかもしれない。そして、閻魔堂青鬼は己の素性を知る絵師の歌川美麿と浪人の甚八の口を封じたのだ。

麟太郎は読んだ。

「で、婆さん、塗笠を被った着流しの侍、此と云った目立つ処はなかったかな」

「そうだねえ。取り立てて言えば、背が高いぐらいですかねえ……」

老婆は、首を捻りながら告げた。

「背が高いぐらいか……」

麟太郎は、何かに思い当る事でもあるのか、眉をひそめた。

淡路坂には神田川からの風が吹き抜けた。

永井恭之助は、湯島天神で浪人と逢った後、神田川に架かる昌平橋を渡り、淡路坂に進んだ。

亀吉は、慎重に尾行た。

行き先は永井家の本家……。

亀吉は睨んだ。

恭之助は、永井家本家に何しに行くのか……。

亀吉は追った。

恭之助は、永井家本家の屋敷に入った。

亀吉は、物陰から見送った。

刻が過ぎた。

恭之助は、永井屋敷から出て来なかった。

亀吉は、見張り続けた。

淡路坂から麟太郎が現れた。

「麟太郎さん……」

亀吉は、麟太郎に素早く近寄った。

「亀さん……」

麟太郎は、戸惑いを浮かべた。

「じゃあ、永井恭之助が……」

「ええ。あれから真っ直ぐに永井家の本家の屋敷に来ましたぜ」

「真っ直ぐ、此処に……」

「ええ。何しに来たかは分かりませんが、麟太郎さんは……」

「浪人、あれから不忍池の古い茶店に行きましてね。茶店の部屋で胸を刺されて殺されましたよ」

麟太郎は、腹立たしげに告げた。

「殺された。誰に……」

亀吉は驚いた。

「それが、塗笠を被った着流しの侍でしてね。逃げられました」

麟太郎は、悔しさを滲ませた。

「閻魔堂青鬼が絵師の歌川美麿に続いての口封じをしましたか……」

亀吉は眉をひそめた。

「きっと……」

麟太郎は頷いた。

永井屋敷の潜り戸が開いた。

麟太郎と亀吉は隠れた。

五人の家来が現れ、出掛けて行った。

「恭之助、未だ出て来ませんね」

麟太郎は、永井屋敷を覗った。

恭之助は、何しに永井屋敷に来たのか……。

何故、浪人の甚八に金と思われる紙包みを渡したのか……。

麟太郎は、想いを巡らせた。

「麟太郎さん……」

亀吉は、永井屋敷の潜り戸を示した。

潜り戸が開き、永井恭之助が出て来た。

「恭之助、漸く出て来ましたよ」

「ええ……」

恭之助は、永井屋敷を一瞥して淡路坂に向かった。

「追いますか……」

亀吉は、物陰を出ようとした。

「亀さん……」

麟太郎は止めた。

「えっ……」

亀吉は戸惑った。

麟太郎は、永井屋敷の裏手に続く路地を示した。

塗笠を被った着流しの侍が現れ、恭之助を追った。

「麟太郎さん……」

亀吉は、緊張を過ぎらせた。

「ええ。塗笠を被った着流しの侍です。追います」

麟太郎は、恭之助を尾行る塗笠を被った着流しの侍を追った。

亀吉は続いた。


淡路坂に行き交う人は少なかった。

永井恭之助は、淡路坂を下りて神田八ツ小路に出た。

塗笠を被った着流しの侍は追った。

麟太郎と亀吉は、慎重に尾行た。
恭之助は、昌平橋と筋違御門の前を通って柳原通りに進んだ。
塗笠を被った着流しの侍は続き、麟太郎と亀吉は追った。

柳原通りの柳並木は、緑の枝葉を風に揺らしていた。
恭之助は、柳原通りを進んだ。
行く手に柳森稲荷が見えた。
恭之助は、足取りを速めて柳森稲荷に入った。

柳森稲荷に参拝客は少なかった。
恭之助は、柳森稲荷の鳥居を潜った。
塗笠を被った着流しの侍は、続いて鳥居を潜った。
麟太郎と亀吉は、鳥居の陰に駆け込んで柳森稲荷の本殿を窺った。
恭之助は、本殿に手を合わせていた。
塗笠を被った着流しの侍は、手を合わせる恭之助を見守っていた。
塗笠を被った着流しの侍は何者で、何をしようとしているのだ……。

麟太郎は眉をひそめた。

恭之助は、参拝を終えて本殿の裏に進んだ。

塗笠を被った着流しの侍は、恭之助を追った。

麟太郎と亀吉は続いた。


柳森稲荷の裏手は神田川の河原に続く空地であり、雑草などが川風に吹かれていた。

永井恭之助は空地に進んだ。

塗笠を被った着流しの侍は続いた。

麟太郎と亀吉は木陰に潜んだ。

恭之助は、立ち止まって振り返った。

塗笠を被った着流しの侍は、充分な間合いを取って立ち止まった。

「私に用か……」

恭之助は、塗笠を被った着流しの侍を厳しく見据えた。

「殿と奥方さまに何用あって参った」

塗笠を被った着流しの侍は尋ねた。

「御挨拶に伺った迄だが、人にものを尋ねるのなら塗笠を取るのだな。神尾又四郎……」

恭之助は苦笑した。

着流しの侍は、目深に被っていた塗笠を取った。

永井家馬廻組頭の神尾又四郎だった。

「神尾又四郎……」

麟太郎は、塗笠を被った着流しの侍が神尾又四郎だと知った。

亀吉は喉を鳴らした。

「お前が浪人の長尾甚八の申した通り、戯作者の閻魔堂青鬼か……」

恭之助は、神尾又四郎に笑い掛けた。

「甚八……」

「ああ。戯作者閻魔堂青鬼は永井家家中の神尾又四郎だと切り餅一つで教えてくれた」

「所詮は使いっ走りの食詰め浪人……」

神尾又四郎は苦笑した。

「神尾……」

恭之助は、神尾又四郎を見据えた。

「恭之助さま、弾正さまと弥生さまが情を通じ、先代織部さまに毒を盛って家督を奪い取った事実。御公儀に訴え出れば、弾正さまは厳しいお咎めを受け、恭之助さまが分家から御本家を相続されるのは必定。如何ですかな」

神尾又四郎は笑った。

「だが、家禄の減知は必定……」

「たとえ千石減知された処で三千石、分家の八百石よりは良い……」

「そうだな。だが、此のまま何事もなければ、弾正さまと弥生さまは永井家本家四千石の家督を私に譲るとの仰せ……」

恭之助は笑った。

「何……」

神尾又四郎は眉をひそめた。

「それ故、戯作者閻魔堂青鬼こと奸臣神尾又四郎を討ち果たし、闇に葬れとの御指図……」

恭之助は、狡猾な笑みを浮かべて右手を挙げた。

五人の永井家の家来が現れ、神尾又四郎を取り囲んだ。

神尾又四郎は身構えた。

「先に出掛けた奴らです。どうします……」

亀吉は眉をひそめた。

「所詮は旗本永井家のお家騒動。だが、閻魔堂青鬼こと神尾又四郎は、絵師の歌川美麿と浪人の長尾甚八を殺した下手人。町奉行所としては放っては置けませんね」

「ええ……」

「ま、神尾は戦場で殿さまを護る馬廻り、剣の腕は立つ筈です。先ずは様子をみましょう」

麟太郎と亀吉は、神尾又四郎と永井恭之助たちを見守った。

五人の家来たちは、神尾又四郎への囲みを縮めた。

「恭之助さま、永井家は此のままでは滅びます。荒療治をして正さねばなりませぬ」

神尾又四郎は訴えた。

「黙れ……」

恭之助は怒鳴った。

次の瞬間、五人の家来たちは神尾又四郎に猛然と斬り掛かった。

神尾又四郎は、抜き打ちの一刀を放った。

刀の煌めきが激しく交錯し、血が飛んだ。

家来の二人は、腕や脚を斬られて後退した。

「愚かで非道な主を護る為、命を棄てるか……」

神尾又四郎は苦笑した。

「おのれ……」

三人の家来たちは、必死に神尾又四郎に立ち向かった。

「斬れ、斬り棄てろ……」

恭之助は叫んだ。

三人の家来は、神尾又四郎に迫った。

「死に急ぐか……」

神尾又四郎は、三人の家来を見据えて冷ややかに云い放った。

三人の家来は怯んだ。

剣の腕に差があり過ぎる……。

「此以上は無益な殺生……」

麟太郎は見定めた。

「じゃあ……」

亀吉は、呼び子笛を吹き鳴らした。

呼び子笛の音は、空地や柳森稲荷に甲高く鳴り響いた。

神尾又四郎と恭之助や家来たちは怯んだ。

参拝客たちが、柳森稲荷から空地にやって来た。

「斬り合いだ。侍が斬り合っているぞ」

亀吉は騒ぎ立てた。

昼日中の騒ぎが大きくなり、旗本永井家の名が出ては拙い……。

恭之助は、早々に逃げた。

三人の家来たちは、斬られた二人の家来を連れて続いた。

神尾又四郎は、刀を鞘に納めて麟太郎を見詰めた。

麟太郎は、神尾又四郎に近付いた。

「やあ……」

神尾又四郎は、麟太郎を迎えた。

「おぬしが閻魔堂青鬼だったか……」

麟太郎は、神尾又四郎を見据えた。

「如何にも。閻魔堂赤鬼の贔屓でな。それで青鬼とちょいと真似てみた……」

神尾又四郎は笑った。

「閻魔堂赤鬼の御贔屓か……」

麟太郎は苦笑した。

「ああ……」

「そいつはありがたいが、何故に主家を貶める様な真似をした」

「弥生のような女に振り廻されている永井家に苛々してな……」

「それで、陰獣旗本乱れ舞か……」

「ああ。甚振り貶めて恥を掻かし、弥生と思いのままに操られている弾正さまを葬りたかった」

「そして、永井家を立て直すか……」

「そこ迄、立派な事は考えちゃあいない」

神尾又四郎は、己を嘲笑った。

「そうか。ならば、南町奉行所に出頭して何もかも話し、絵師の歌川美麿と浪人の長尾甚八を手に掛けた罪を償うのだな……」

麟太郎は、神尾又四郎を見据えて告げた。

「さあて、そいつはどうかな」

神尾又四郎は全身から殺気を放ち、麟太郎に斬り付けた。

刹那、麟太郎は抜き打ちの一刀を放った。

刀の輝きが鋭く交錯した。

亀吉は、思わず眼を瞑(つぶ)った。

麟太郎と神尾又四郎は、残心の構えを取った。

麟太郎の腕から血が滴(したた)り落ちた。

神尾又四郎は、薄笑いを浮かべてゆっくりと倒れた。

麟太郎は、残心の構えを解いて大きな吐息を洩(も)らした。

亀吉は、神尾又四郎の様子を見た。

神尾又四郎は、胸元を斬られて絶命していた。

「麟太郎さん……」

「神尾又四郎、縄目の恥辱より、死を選んだようだ」

「じゃあ……」

亀吉は眉をひそめた。

「わざと私に斬られた……」

麟太郎は、死んだ神尾又四郎に手を合わせた。

神田川からの風が冷たく吹き抜けた。

梶原八兵衛と辰五郎は、永井織部の主治医を責めて毒を弥生に渡した事を白状させた。

どうやら、閻魔堂青鬼の書いた絵草紙『陰獣旗本乱れ舞』の話は事実なのだ。

根岸肥前守は見定め、目付に詳しく探索するように命じた。

旗本永井家の一件は、評定所の扱いとなった。

絵師の歌川美麿と浪人の長尾甚八を殺したのは、閻魔堂青鬼こと神尾又四郎だった。

「それにしても、戯作者閻魔堂赤鬼の御贔屓だから青鬼を名乗ったなんて、迷惑な話よね」

お蔦は苦笑した。

「ああ……」

麟太郎は頷いた。

「あっ……」

お蔦は、何かに気が付いた。

「どうした二代目……」

「これで、元々少ない閻魔堂赤鬼の御贔屓さん、一人減っちゃいましたね」

お蔦は残念がった。

「そうか、そうだな……」

麟太郎は項垂(うなだ)れた。

戯作者閻魔堂赤鬼の数少ない御贔屓は、一人減った……。

第二話　権兵衛（ごんべえ）

一

浜町堀の流れに夕陽が映えた。

戯作者閻魔堂赤鬼こと青山麟太郎は、絵草紙を書いていた筆を置き、大の字に寝た。

「ああ、面白くない……」

麟太郎は、天井を見詰めて呟いた。

絵草紙が面白くないのは、筋立が悪いからなのか、それとも情か色気か立ち廻りなどの、何かが足りないからなのか……。

麟太郎は苛立ち、大きな溜息を吐いた。

古くて狭い家の中には、夕陽が格子窓から差し込んだ。

浜町堀に船の明かりが揺れた。

麟太郎は、浜町堀に架かっている千鳥橋の西詰にある一膳飯屋『千鳥』を訪れた。

「おう。いらっしゃい……」

一膳飯屋『千鳥』の老亭主の利平は、馴染客の麟太郎を威勢良く迎えた。

「利平の父っつあん、酒と豆腐をくれ」

「おう。酒と冷奴だな」

「うん。邪魔をする……」

麟太郎は、一人で酒を飲んでいる痩せた着流しの浪人客に会釈をし、隣に座った。

「お待たせ……」

利平は、麟太郎に徳利と冷奴を持って来た。

「おう……」

麟太郎は、手酌で猪口に酒を満たして飲み干した。

「ああ、美味い……」

麟太郎は、思わず唸った。

隣の痩せた中年浪人は、微笑んだ。

「やあ……」

麟太郎は照れた。

「酒は良いですな……」

中年浪人は、手酌で酒を飲んだ。

「ええ。どうです、一杯……」

麟太郎は、中年浪人に徳利を差し出した。

「そうですか……」

中年浪人は、猪口を差し出した。

麟太郎は、中年浪人の猪口に酒を満たした。

「御馳走になります」

「どうぞ……」

中年浪人と麟太郎は、猪口を掲げて酒を飲み干した。

「では、私は此でお先に失礼します」

中年浪人は、傍らに置いてあった風呂敷包みを持って立ち上がった。

「そうですか。ならば又……」

麟太郎は、風呂敷包みを持って帰る中年浪人を見送った。

利平が片付けに来た。

　麟太郎は、酒を飲んで冷奴を食べた。

「見掛けない顔だね」

　麟太郎は、豆腐を食べながら利平に訊いた。

「ああ。七日程前、千鳥橋の向こうの橘町に越して来たそうだよ」

　利平は告げた。

「へえ、橘町に……」

「ああ。何でも雨城楊枝を作って暮しを立てているそうだぜ」

「雨城楊枝……」

〝雨城楊枝〟とは、房総久留里城の別名である〝雨城〟から付けられた名の黒文字の茶席楊枝の事だ。

「名前は……」

「確か権兵衛さんとか云っていたよ」

「権兵衛さん……」

　麟太郎は、微かな戸惑いを覚えた。

「ああ。酒、持って来るかい」

「うん。それと浅蜊のぶっかけ飯を頼む」

「あいよ……」

利平は、空の徳利や皿を持って板場に入って行った。

「名無しの権兵衛さんか……」

麟太郎は、中年浪人の名の権兵衛が偽名のように思えた。

ま、良い……。

麟太郎は、手酌で酒を飲んだ。

酒を飲んでいた若い職人たちが、楽しげな笑い声をあげた。


閻魔堂は月明かりに浮かんでいた。

麟太郎の暮らす閻魔長屋は、閻魔堂の脇に木戸がある。

麟太郎は、閻魔堂に差し掛かって立ち止まった。

閻魔堂の前にしゃがみ込み、手を合わせている女がいた。

夜更けに女の参拝客だ。

珍しい……。

麟太郎は、物陰から見守った。

手を合わせている女の横顔が、月明かりに照らされた。

おゆきさん……。

麟太郎は、女が閻魔長屋に住んでいる大工の半七(はんしち)の女房のおゆきだと気が付いた。

おゆきは、閻魔堂に祈り続けた。

何か願い事か、心配事でもあるのか……。

おゆきの祈りは長かった。

麟太郎は、おゆきの長い祈りに微かな戸惑いを浮かべた。

おゆきは、合わせていた手を解いて立ち上がり、閻魔長屋の家に戻って行った。

麟太郎は、小さく息を吐いて見送った。

井戸端で水飛沫(みずしぶき)は煌(きら)めいた。

おかみさんたちの笑い声と子供たちの遊ぶ声が、閻魔長屋の井戸端に満ちていた。

麟太郎は、眼を覚まして手足を大きく伸ばした。

手足は、粗末な蒲団(ふとん)から食(は)み出した。

さあて、顔を洗って朝飯の仕度をするか……。

麟太郎は、井戸端でのおかみさんたちのお喋(しゃべ)りが終わるのを待つ事にし、再び蒲団を被(かぶ)った。そして、再び鼾(いびき)を掻(か)き始めるのに刻(とき)は掛からなかった。

閻魔王の座像は、閻魔堂の格子戸越しに見えた。
麟太郎は手を合わせた。
そして、昨夜遅くにおゆきが手を合わせていたのを思い出した。
何か願い事か心配事でもあるのか……。
麟太郎は、合わせた手を解いて閻魔長屋を眺めた。
大工の半七と女房のおゆきの家は、閻魔長屋の奥だった。
大工の半七は、既に仕事に出掛けている筈だ。
麟太郎は、奥の家を窺った。
奥の家の腰高障子が開き、おゆきが出て来た。
麟太郎は見守った。
おゆきは、足早に木戸に向かって来た。
閻魔堂に来る……。
麟太郎は、閻魔堂の陰に素早く隠れた。
おゆきは、閻魔堂の前にしゃがんで手を合わせた。
「半七に禍が起きませんように……」

おゆきは、声に出して祈った。

亭主の半七の身に何かあったのか……。

麟太郎は眉をひそめた。

おゆきは祈り終え、裏通りを浜町堀沿いの道に向かった。

よし……。

麟太郎は、おゆきに続いた。


浜町堀の流れは緩やかだった。

おゆきは、浜町堀沿いの道を千鳥橋に向かった。

麟太郎は尾行た。

おゆきは、俯き加減で足早に進み、浜町堀に架かっている千鳥橋を東に渡って両国広小路に向かった。

麟太郎は、続いて千鳥橋を渡ろうとした。

着流しの浪人が千鳥橋の東詰に佇み、通り過ぎて行くおゆきを見送っていた。

権兵衛さん……。

麟太郎は、おゆきを見送る着流しの浪人が一膳飯屋『千鳥』で出逢った〝権兵衛〟

だと気が付いた。

権兵衛は、呆然(ぼうぜん)とした面持ちでおゆきを見送っていた。

知り合いなのか……。

麟太郎は、権兵衛に近付こうとした。

一瞬早く、権兵衛はおゆきに続いた。

えっ……。

麟太郎は戸惑った。

権兵衛は、おゆきを尾行始めたのだ。

何故(なぜ)だ……。

麟太郎は、戸惑いながらもおゆきを尾行る権兵衛を追った。


両国広小路は賑(にぎ)わっていた。

おゆきは、賑わいを足早に抜けて神田川(かんだがわ)に架かっている浅草御門(あさくさごもん)に進んだ。

権兵衛は追った。

麟太郎は続いた。

おゆきは浅草御門を渡り、蔵前通りを進んで直ぐの辻を西に曲がった。

西には平右衛門町があり、大工『大寅』があった。

大工『大寅』には、店と母屋や作業場があった。

作業場では、大工『大寅』の若い大工たちが鋸、鉋、鑿を使って材木を刻んでいた。

おゆきは、大工『大寅』の母屋に入った。

権兵衛は、物陰から見守った。

麟太郎は見張った。

大工『大寅』は、おそらく亭主の半七と拘わりがあるのだ。

麟太郎は読んだ。

僅かな刻が過ぎた。

おゆきは、悄然とした面持ちで大工『大寅』から出て来た。そして、重い足取りで来た道を戻り始めた。

権兵衛は、物陰を出ておゆきを追った。

麟太郎は続いた。

おゆきは、来た道を戻って元浜町（もとはまちょう）の閻魔堂に手を合わせ、閻魔長屋の奥の家に入って行った。

権兵衛は、木戸から見送った。

麟太郎は、閻魔堂の陰から権兵衛を見守った。

権兵衛は振り返った。

悄然として哀しげな面持ちだった。

そして、肩を落し、重い足取りで閻魔長屋の木戸から離れた。

よし……。

麟太郎は、権兵衛を尾行た。

権兵衛は、千鳥橋を橘町に渡って裏通りに進んだ。

麟太郎は尾行た。

権兵衛は、橘町の裏通りに進んで荒物屋の裏路地に入って行った。

麟太郎は、追って荒物屋の裏路地に進んだ。

荒物屋の庭には、納屋を改築した小さな家があった。

権兵衛は、納屋を改築した小さな家に入った。

麟太郎は見届けた。

権兵衛は、橘町の荒物屋の家作を借りて暮らしている。

麟太郎は裏路地を出た。


浜町堀に荷船の櫓の軋みが響いた。

麟太郎は、千鳥橋の袂に佇んで浜町堀の流れを眺めた。

大工の半七の身に何かが起きた……。

権兵衛とおゆきはどんな拘わりなのか……。

浜町堀は緩やかに流れた。

とにかく、先ずは半七の身に何が起きたかだ……。

麟太郎は、平右衛門町の大工『大寅』に急いだ。


鋸と鑿の音は続いていた。

「お待たせしましたね」

大工『大寅』の棟梁寅造は、弟子の若い大工に指図をして麟太郎の許にやって来た。

「いや。忙しい処を済まないな……」

「いいえ。で、あっしが大工大寅の棟梁の寅造ですが……」

寅造は、麟太郎に探る眼差しを向けた。

「私は青山麟太郎。半七おゆき夫婦と同じ閻魔長屋に住んでいる者だが……」

「半七夫婦と同じ長屋……」

「ええ。で、おゆきさんの様子が気になってね。亭主の半七に何かあったのですか……」

麟太郎は尋ねた。

「青山さま……」

寅造は、緊張を滲ませた。

「おゆきさん、思い詰めた顔で長屋の傍の閻魔堂に手を合わせていましてね」

麟太郎は心配した。

「そうでしたか。実はね、青山さま。半七はあっしの弟子の中でも腕が良く、あっしの名代で棟梁を務める程なんですが、若い頃には仲間と連んで御法度に触れる真似をしていたそうでしてね。今迄にも、そいつを知られて脅される事もあるそうなんで

寅造は、白髪眉をひそめた。

「今度も誰かに脅されていますか……」

「そいつは分からないが、半七がおゆきに何の報せもなく、五日も閻魔長屋の家に帰って来ないそうでしてね」

「五日も家に帰らない……」

麟太郎は眉をひそめた。

「ええ。それで今日も、おゆき、あっしの処に何か報せはないかと来ましてね……」

「そいつは心配ですね、おゆきさん……」

「ええ……」

寅造は頷いた。

おゆきの亭主の大工半七は、何の報せもなく五日も家に帰って来ないのだ。

半七は、何処でどうなっているのか……。

麟太郎は、おゆきの心配が良く分かった。

陽は西に沈み始めた。

麟太郎は、元浜町の閻魔長屋に帰った。

閻魔堂の前には、着流しの浪人の権兵衛が佇んでいた。

「やあ……」

麟太郎は、権兵衛に笑い掛けた。

「おぬしは……」

権兵衛は、麟太郎を思い出して戸惑いを浮かべた。

「私は此の閻魔長屋の住人だが、誰かを訪ねて来たのかな……」

「う、うん。そうか、おぬし、此の閻魔長屋に住んでいるのか……」

「ああ。青山麟太郎、おぬしは……」

麟太郎は、権兵衛を見詰めた。

「私は権兵衛、権兵衛です……」

「そうか、権兵衛さんですか。ま、良い。で、誰に用があるのだ……」

麟太郎は、偽名を名乗る権兵衛に苦笑した。

「用と云うより、青山どの、此の閻魔長屋におゆきと申すおなごがいますね」

「うん。権兵衛さん、おゆきさんと知り合いですか……」

「大昔にちょいと。で、おゆきに家族は……」

「半七って腕の良い大工の亭主と二人で、仲良く暮らしていますよ」

「そうですか、そりゃあ良かった」

権兵衛は、微かな安堵を滲ませた。

「ですが今、半七が何か面倒に巻き込まれているようでしてね」

「面倒……」

権兵衛は眉をひそめた。

「ええ。で、おゆきさんも随分と心配しているようだ」

麟太郎は教えた。

「青山どの、亭主が巻き込まれている面倒とは、どのようなものですか……」

「さあ。私も未だそこ迄は……」

麟太郎は、首を横に振った。

「そうですか……」

権兵衛は、厳しさを浮かべた。

「で、逢いますか、おゆきさんに……」

「いえ。今の私は逢わせる顔を持ち合わせていませんでしてね。御造作をお掛けした。では此で……」

権兵衛は、淋しげな笑みを浮かべてそそくさと立ち去って行った。
逢わせる顔を持ち合わせていないか……。
麟太郎は見送った。
着流しの権兵衛の後ろ姿は、哀しげで孤独感に溢れていた。
権兵衛の本名や素性は何だ……。
おゆきとは、大昔にどのような拘わりだったのか……。
麟太郎は、おゆきと権兵衛の拘わりが気になった。

閻魔長屋の家々は明かりが灯され、家族の笑い声が洩れていた。
燭台の火は、絵草紙を書き進める手許を照らしていた。
麟太郎は、何度も書き直しながら筆を進めていた。
長屋の奥から微かな足音が聞こえた。
麟太郎は、耳を澄ませた。
微かな足音は、足早に麟太郎の家の前を通り過ぎて木戸に向かって行く。
女の足音、おゆきか……。
麟太郎は、腰高障子を開けて木戸を窺った。

木戸を出て行くおゆきが見えた。
何処に行く……。
麟太郎は、刀を取って燭台の火を吹き消し、おゆきを追った。
麟太郎は、木戸を出て閻魔堂の前を窺った。
閻魔堂の前におゆきはいなかった。
麟太郎はおゆきを捜した。
おゆきは、浜町堀とは反対側の日本橋(にほんばし)の通りに続く道を進んでいた。
何処に行く……。
麟太郎は、夜の闇に眼を凝(こ)らした。
笠を被った着流しの侍が、家並みの軒下をおゆきを尾行て行くのに気が付いた。
権兵衛か……。
麟太郎は読んだ。そして、おゆきを尾行る権兵衛に微かな戸惑いを覚えた。
おゆきは、日本橋の通りに出て神田八ツ小路(やつこうじ)に足早に進んだ。
権兵衛は、家並みの軒下伝いにおゆきを尾行た。

麟太郎は続いた。
おゆきは、足早に進んで神田八ツ小路に出た。
神田八ツ小路は暗くて人気がなく、酔っ払いの喚き声が聞こえた。
おゆきは、暗い八ツ小路を神田川に架かる昌平橋に向かって走った。
「女だ。女が一人で行くぞ……」
酒に酔った遊び人たちが現れ、おゆきを追い掛けようとした。
刹那、権兵衛が遊び人たちに駆け寄り、無言の内に叩きのめした。
遊び人たちは、一瞬で叩きのめされた。
権兵衛は、倒れた遊び人たちを残しておゆきを追った。
かなりの遣い手だ……。
麟太郎は、感心しながら権兵衛に続いた。

二

神田明神門前町の盛り場は、酔客たちで賑わっていた。
おゆきは、客を見送った飲み屋の者や酌婦たちに何事かを尋ね歩いた。

権兵衛は、物陰からおゆきを見守った。

麟太郎は、飲み屋の者におゆきが何を尋ねたかを訊いた。

「あの年増、半七って三十過ぎの大工が来なかったかって……」

飲み屋の者は、首を捻りながら告げた。

「で、半七って大工、来ていたのかな……」

「さあ。半七なんて大工、知りませんよ」

飲み屋の者は眉をひそめた。

おゆきは、帰って来ない亭主の半七を捜しに来たのだ。

麟太郎は知った。

「半七って中年の大工を知りませんか……」

おゆきは、神田明神門前町の盛り場に亭主の半七を捜し歩いた。

権兵衛は、おゆきを見守った。

おゆきは訊き歩いた。

「大工の半七……」

地廻りの男は、おゆきに訊き返した。

「はい。御存知ありませんか……」

「ああ。大工の半七なら知っているよ」

地廻りの男は、薄笑いを浮かべた。

「本当ですか。何処にいますか……」

おゆきは、顔を輝かせた。

「こっちだぜ。付いて来な……」

地廻りの男は、おゆきを誘って盛り場の奥に進んだ。

盛り場の奥には、潰(つぶ)れた小料理屋があった。

「此処(ここ)だぜ……」

地廻りの男は、おゆきに笑い掛けた。

嘘(うそ)だ……。

おゆきは逃げようとした。

地廻りの男は、おゆきの手を摑(つか)んで潰れた小料理屋に連れ込もうとした。

「離して下さい」

おゆきは抗(あらが)った。

「いいじゃあねえか……」

地廻りの男は、必死に抗うおゆきを無理矢理に潰れた小料理屋に連れ込もうとした。
拙い……。
麟太郎が飛び出そうとした時、笠を被った権兵衛が駆け寄り、地廻りを蹴り飛ばした。
地廻りは激しく飛ばされた。
おゆきは逃げた。
「野郎……」
地廻りの男は、匕首を抜いて権兵衛に突き掛かった。
権兵衛は、抜き打ちの一刀を放った。
地廻りの男の匕首を握る腕が両断され、夜空に飛んだ。
地廻りの男は悲鳴を上げ。血を振り撒いて転げ廻った。
一瞬の出来事だった。
権兵衛は、盛り場の出口に向かうおゆきを追った。
麟太郎は続いた。

おゆきは、神田明神門前町の盛り場を出て、来た道を元浜町の閻魔長屋に戻った。

権兵衛は、おゆきが閻魔長屋の暗い家に入るのを見届けた。

おゆきの家に明かりが灯された。

権兵衛は、閻魔堂に手を合わせて浜町堀に向かった。

麟太郎は見送った。

権兵衛は、亭主の半七を捜すおゆきを秘かに見守り、その危機を救った。

麟太郎は、権兵衛がおゆきに尽くしているのを知った。

何れ(いず)にしろ、一番の懸念は半七の身に何が起きているかだ。

そいつが何か……。

麟太郎は眉をひそめた。

「大工の半七ですかい……」

岡っ引(おかっぴき)の連雀町(れんじゃくちょう)の辰五郎(たつごろう)は、首を捻った。

「ええ。大工の拘わっている事件、何か起きちゃあいませんか……」

麟太郎は尋ねた。

「今の処、起きちゃあいないと思うが、亀吉(かめきち)、何か聞いているか……」

辰五郎は、下っ引の亀吉に話を振った。

「さあ。あっしも此と云って聞いちゃあおりませんが、真面目な腕の良い大工が何の連絡もなく、五日も家に帰って来ないのは、気になりますね」

亀吉は眉をひそめた。

「うむ。ま、大工が拘わる事件と云えば、普請に拘わった屋敷に押し込む盗賊の手引きをしたり、秘かに作って置いた忍び口を高値で売るなどの、盗賊絡みが多いが……」

辰五郎は読んだ。

「その辺りを当たってみますか……」

亀吉は、身を乗り出した。

「ああ。俺も梶原の旦那に訊いてみるよ」

「親分、亀さん、忝い……」

麟太郎は頭を下げた。

「それにしても麟太郎さん、おかみさんのおゆきさんも気の毒だが、それとなく用心棒をしている権兵衛って浪人も気になるね」

辰五郎は眉をひそめた。

「ええ。権兵衛って名はおそらく名無しの権兵衛を捩った偽名。どのような素性の浪人なのか……」

麟太郎は苦笑した。

下谷広小路は、東叡山寛永寺や不忍池弁財天の参拝客や見物客で賑わっていた。

麟太郎は、亀吉に誘われて下谷広小路の雑踏を抜け、不忍池から流れる忍川沿いの下谷町二丁目に入った。そして、忍川沿いの古い小さな店に入った。

「邪魔するぜ……」

狭い店内では、昼間から仕事に溢れた人足たちが湯呑茶碗に注がれた安酒を飲んでいた。

「おう……」

小柄な老亭主が、亀吉に頷いて見せた。

「父っつあん、酒を二つだ……」

亀吉は注文した。

「ああ……」

小柄な老亭主は、麟太郎をちらりと窺った。

「こっちは、父っつあん御贔屓の閻魔堂の赤鬼先生だ」

亀吉は、老亭主に麟太郎を引き合わせた。

「へえ、お前さんが閻魔堂の赤鬼先生か、俺は仁平だ」

老亭主は仁平と名乗り、歯の抜けた口元を綻ばせて麟太郎に笑い掛けた。

どうやら、仁平は戯作者閻魔堂赤鬼の書く絵草紙の御贔屓らしい。

「父っつあん、近頃、盗っ人の噂、何か聞いちゃあいないかな……」

亀吉は、仁平を見詰めた。

「盗っ人……」

仁平は、白髪眉をひそめた。

「ああ……」

「木更津の藤八一味が動いているって噂を聞いたぜ……」

仁平は、酒を満たした湯呑茶碗を亀吉と麟太郎に差し出した。

「木更津の藤八……」

麟太郎は眉をひそめた。

「ああ。噂じゃあ、藤八、今度は江戸でも指折りの金蔵を破ると云っているそうだぜ」

仁平は笑った。

「江戸でも指折りの金蔵……」

亀吉は眉をひそめた。

「亀さん、指折りの金蔵の普請に半七が拘わっているのかもしれませんね」

麟太郎は読んだ。

「ええ。父っつあん、その噂、誰に聞いたんだい……」

亀吉は、仁平を見詰めて湯呑茶碗の酒を啜った。

「此処に出入りしている長吉って博奕打ちの三下だぜ」

「その長吉って博奕打ちの三下。何処にいるのか知っているかな」

「さあて、塒は知らねえが、長吉は上野新黒門町の博奕打ちの貸元の政五郎の身内だぜ」

仁平は告げた。

「よし。じゃあ、赤鬼先生……」

亀吉は金を払い、麟太郎を促した。

「うん。父っつあん、邪魔したね」

麟太郎は、湯呑茶碗の酒を飲み干して亀吉と仁平の店を出た。

上野新黒門町は下谷広小路の南にある。

亀吉と麟太郎は、下谷広小路の雑踏を抜けて上野新黒門町の裏通りに急いだ。

店の鴨居には、〝新黒門〟と書かれた提灯が並べられていた。

「邪魔するぜ……」

亀吉と麟太郎は、博奕打ちの貸元政五郎の店の土間に入った。

「おいでなさい……」

土間の奥から三下が出て来た。

「おう。長吉はいるかい……」

亀吉は尋ねた。

「お前さん、誰だい……」

三下は凄んだ。

「長吉は何処にいる……」

亀吉は、苦笑しながら懐の十手を見せた。

「えっ……」

三下は怯んだ。

「騒ぎ立てない方が利口ってもんだ。長吉は何処にいる」

「長吉はあっしですが……」

三下は長吉と名乗り、探るような眼を亀吉と麟太郎に向けた。

「何だ、お前が長吉か……」

亀吉は苦笑した。


亀吉と麟太郎は、三下の長吉を裏路地に呼び出した。

「あっしに何か……」

長吉は、戸惑いを浮かべた。

「盗賊の木更津の藤八一味の話、誰に聞いたんだい……」

亀吉は、長吉を厳しく見据えた。

「ああ。それなら賭場に来た紋次って人から聞きました」

「紋次……」

「ええ。江戸でも指折りの金蔵を破るって……」

「破れるかな、江戸でも指折りの金蔵を……」

麟太郎は苦笑した。

「あっしもそう思ったんですがね。金蔵の普請をした大工がいて、押込みの手立てを知っているそうですよ」

「大工……」

その大工が半七なのかもしれない……。

麟太郎は眉をひそめた。

「ええ……」

長吉は頷いた。

「それで長吉、その江戸でも指折りの金蔵のあるのは、何処の何て店だ」

亀吉は尋ねた。

「さあ、そこ迄は……」

長吉は、押込み先の店迄は知らなかった。

「嘘偽り(いつわ)はねえな……」

「そりゃあ、もう……」

長吉は、必死な面持ちで頷いた。

若い大工たちは、刻んだ材木を積んだ大八車を引き、大工『大寅』の作業場から威勢良く出掛けて行った。

「江戸でも指折りの金蔵ですかい……」

棟梁の寅造は、戸惑いを浮かべた。

「ええ。大寅が請負って、半七が普請に拘わったってのはありませんか……」

麟太郎は尋ねた。

「そりゃありますが……」

「ありますか……」

麟太郎と亀吉は喉を鳴らした。

「ええ。で、そいつが何か……」

寅造は、怪訝(けげん)な面持ちになった。

「実は棟梁、木更津の藤八って盗賊が江戸でも指折りの金蔵を破ると云っているそうでしてね……」

「盗賊が……」

「ええ。普請した大工を使って……」

麟太郎は、厳しい面持ちで告げた。

「じゃあ、その大工ってのが……」

「半七かもしれません」

麟太郎は眉をひそめた。

「そんな……」

寅造は言葉を失った。

「それで、半七が普請に拘わった金蔵のある店ってのは……」

「浅草駒形町の茶道具屋の玉泉堂さんですが……」

「駒形町の茶道具屋の玉泉堂……」

麟太郎は知った。

「で、棟梁、玉泉堂の金蔵、普請した大工なら破れるんですか……」

亀吉は尋ねた。

「ええ。玉泉堂の金蔵には、風の隠し道が作ってありましてね」

「風の隠し道、ですか……」

「壁の殆どは石造りですが、値の張る茶道具などが傷まないように天井床下に風が抜ける隠し道が作ってあるのです。上手くすれば、そこから……」

寅造は、白髪眉をひそめた。

「そうですか……」

麟太郎は頷いた。

盗賊木更津の藤八一味が、大工の半七を使って破ろうとしている金蔵は駒形町の茶道具屋『玉泉堂』なのだ。

麟太郎と亀吉は知った。

麟太郎と亀吉は、棟梁の寅造に礼を云って大工『大寅』を出た。

「じゃあ麟太郎さん、あっしは此の事を親分と梶原の旦那に報せます」

亀吉は告げた。

「はい。私は半七が木更津の藤八や玉泉堂の金蔵の事を何か云っていなかったか、おゆきさんに聞いてみます」

麟太郎は、亀吉と別れて元浜町の閻魔長屋に急いだ。

閻魔長屋の井戸端に人気はなく、赤ん坊の泣き声が響いていた。

浪人の権兵衛は、閻魔堂の傍から閻魔長屋のおゆきの家を見張っていた。

おゆきに動きはなく、麟太郎も出掛けているのか姿を見せなかった。

権兵衛は見張った。
下男風の男が、町駕籠を従えてやって来た。
権兵衛は、閻魔堂の陰に隠れた。
下男風の男は、木戸に町駕籠を待たせて閻魔長屋の奥に進んだ。
権兵衛は見守った。
下男風の男は、奥のおゆきの家の腰高障子を叩いた。
腰高障子を開け、おゆきが顔を出した。
下男風の男は、おゆきに何事かを告げた。
おゆきは、慌てた様子で家を出て、下男風の男と一緒に閻魔長屋の木戸を出た。
「じゃあ、急ぎますので、おかみさんは駕籠に乗って下さい」
下男風の男は指示した。
「は、はい。じゃあ……」
おゆきは町駕籠に乗った。
駕籠舁は垂れを下ろし、下男風の男に誘われて浜町堀に向かった。
何処に行く……。
権兵衛は、菅笠を目深に被り、下男風の男とおゆきの乗った町駕籠を追った。

下男風の男と町駕籠は、浜町堀沿いの道を北に進んだ。
権兵衛は追った。
通塩町の通りを来た麟太郎は、浜町堀に架かっている緑橋に差し掛かった。
浜町堀越しに菅笠を被った着流しの浪人が、足早に行くのが見えた。
権兵衛……。
麟太郎は、菅笠を被った着流しの浪人を権兵衛だと気が付いた。
権兵衛は、行く手を見詰めて足早に行く。
麟太郎は眉をひそめた。
権兵衛は、おゆきを見守っている筈なのに、何をしているのだ。
何かがあった……。
麟太郎の勘が囁いた。
よし……。
麟太郎は、権兵衛を追う事に決めて浜町堀に架かっている緑橋を小走りに渡った。
緑橋を渡った麟太郎は、浜町堀沿いの道を行く権兵衛を尾行た。

権兵衛は、浜町堀沿いの道から尚も北に進んだ。

何処に行く……。

麟太郎は、権兵衛を尾行た。

誰かを追っているのか……。

麟太郎は、権兵衛の動きに気が付いた。そして、その前を窺った。

権兵衛の前には、下男風の男と町駕籠が進んで行くだけだ。

まさか……。

麟太郎は気が付いた。

尾行ている……。

権兵衛は、下男風の男と町駕籠を尾行ているのだ。

町駕籠には、おゆきが乗っているのかもしれない。

もしそうだとしたら、おゆきを見守っている筈の権兵衛が尾行ているのに不思議はない。

麟太郎は読んだ。

それなら、町駕籠を誘っている下男風の男は何者なのだ。

本当に何処かの下男なのか……。

それとも、下男に扮した得体の知れぬ者かもしれない。

何れにしろ、お店者はおゆきを何処かに連れて行こうとしているのだ。

麟太郎は、下男風の男と町駕籠を尾行る権兵衛を追った。


岡っ引の連雀町の辰五郎は、亀吉を伴って南町奉行所の梶原八兵衛の許に急いだ。

「木更津の藤八って盗賊が、駒形町の茶道具屋玉泉堂に押し込む……」

南町奉行所臨時廻り同心の梶原八兵衛は、緊張を滲ませた。

「はい。亀吉……」

辰五郎は、亀吉を促した。

「梶原さま、木更津の藤八は江戸でも指折りの金蔵を破ると云い、金蔵の普請をした大工を使おうとしています」

亀吉は告げた。

「金蔵を普請した大工……」

梶原は眉をひそめた。

「はい。それで麟太郎さんが……」

「ほう。麟太郎さんが絡んでいるのか……」

「はい……」

「よし。詳しく話してみな……」

梶原は、厳しさを滲ませて命じた。

三

神田川には荷船が行き交った。

下男風の男と町駕籠は、柳原通りに出て神田川に架かっている新シ橋を渡り、向柳原に進んだ。

権兵衛は、菅笠を目深に被って尾行た。

麟太郎は追った。

下男風の男と町駕籠は、向柳原の大名屋敷の連なりと三味線堀の傍を抜けて新寺町に進んだ。

新寺町には多くの寺が連なっていた。

下男風の男と町駕籠は新寺町を進んだ。

権兵衛は尾行し、麟太郎は追った。

下男風の男は、町駕籠を古い寺に誘って行った。

権兵衛は尾行た。

町駕籠は、古寺の山門の前に止まった。

「さあ、着きましたよ」

下男風の男は、町駕籠の中に告げた。

「はい……」

おゆきが返事をした。

駕籠舁が町駕籠の垂れを上げ、おゆきが降り立った。

おゆきは、怪訝な面持ちで古寺の山門を見上げた。

「御苦労さま……」

下男風の男は、駕籠舁に金を払って帰した。

「さあ……」

下男風の男は、おゆきを山門に誘った。

「此のお寺に半七がいるんですか……」

おゆきは尋ねた。

「ええ。おかみさんが来るのを待っていますよ。さあ……」

下男風の男は、笑顔で促した。

「そうですか……」

おゆきは、下男風の男に続いて古寺の山門を潜り、境内に入った。

下男風の男は、鋭い眼差しで外を見廻して山門を閉めた。

物陰から権兵衛が現れ、山門脇の土塀に跳んで古寺の境内に消えた。

麟太郎は見届けた。

権兵衛は、何処迄もおゆきを見守るつもりなのだ。

古寺に半七はいるのか……。

いるとしたなら、盗賊の木更津の藤八たちと一緒なのか……。

麟太郎は読んだ。


古寺は、静寂に覆われていた。

下男風の男は、おゆきを奥の座敷に誘った。

「あの……」

おゆきは、不安を浮かべた。

「和尚さまと半七さんに報せて来ます。此処でちょいとお待ち下さい」

下男風の男は、おゆきを座敷に待たせて奥に入って行った。

おゆきは、開いている障子の外に見える中庭を眺め、座敷の隅に座った。


三人の男は、『大寅』の印半纏を着た男を暗い部屋に連れて来た。

「やあ。半七、お頭の云う事を聞く気になったかい……」

暗い部屋にいた下男風の男は、嘲笑を浮かべて『大寅』の印半纏を着た男を半七と呼んだ。

「嫌だ……」

半七は窶れた顔を歪め、下男風の男を睨み付けた。

「半七、いつ迄も餓鬼のような事を云っていると、酷い目に遭うのはお前だけじゃあねえんだぜ」

下男風の男は嘲笑った。

「何だと……」

半七は眉をひそめた。

下男風の男は、窓の障子を開けた。

「ちょいと、覗いてみるんだな」

下男風の男は苦笑した。

半七は、障子の開けられた窓を見た。

窓の外には中庭があり、障子の開けられた座敷が見えた。

半七は眼を凝らした。

座敷の隅におゆきが、落ち着かない風情で座っていた。

「お、おゆき……」

半七は驚いた。

刹那、三人の男たちが半七を捕まえ、口を押さえて窓辺から引き離した。

下男風の男は、素早く障子を閉めた。

「おゆき……」

半七は踠いた。

「半七、可愛い恋女房がどうなってもいいのかい。良く考えるんだな。連れて行け」

下男風の男は、狡猾な笑みを浮かべて命じた。

三人の男たちは、踠く半七を乱暴に連れ去った。

「おゆき……」

おゆきは、半七の呼ぶ微かな声を聞いた。

「お前さん……」

おゆきは、座敷や中庭を見廻した。

だが、半七が現れる気配はなかった。

気のせいか……。

おゆきは、半七の来るのを待った。

「やあ。お待たせしたね」

下男風の男がやって来た。

「いいえ。で、半七は……」

おゆきは、下男風の男に縋る眼差しを向けた。

「おかみさんが大人しくしていれば逢えるさ」

下男風の男は、嘲りを浮かべた。

「えっ……」

「ま、大人しくしているんだな」

下男風の男は、おゆきを押さえ付けて縛り上げようとした。

「何をするんです。止めて下さい……」

おゆきは、驚いて必死に抗った。

「じたばたするんじゃあねえ」

下男風の男は凄んだ。

刹那、菅笠を被って手拭で口元を隠した権兵衛が跳び込み、下男風の男を激しく蹴り飛ばした。

下男風の男は、蹴り飛ばされて壁に激突して悲鳴を上げた。

権兵衛は、おゆきを助け起こした。

寺の奥から男たちが駆け寄って来た。

「逃げろ……」

権兵衛は、おゆきを逃がして男たちの前に立ちはだかった。

「野郎……」

男たちは、匕首を抜いて権兵衛に襲い掛かった。

権兵衛は、襲い掛かる男たちを殴り、蹴り、叩き伏せて闘った。

おゆきは、本堂から境内に逃げ出した。

男たちが庫裏から追って来た。

おゆきは、必死に山門に逃げた。

麟太郎が現れ、追い縋る男たちに飛び掛かった。

男たちは怯んだ。

「麟太郎さん……」

おゆきは、麟太郎に気が付いた。

「逃げるぞ、おゆきさん……」

麟太郎は、男たちを蹴散らし、おゆきを連れて山門に走った。


三味線堀の水面には、魚が跳ねたのか波紋が広がった。

麟太郎とおゆきは、三味線堀の堀端に立ち止まって乱れた息を整えた。

「危ない処をありがとうございました」

おゆきは、麟太郎に深々と頭を下げた。

「なあに、礼には及ばない……」

麟太郎は、三味線堀で洗った顔を手拭で拭った。

「で、あの下男風の男は、おゆきさんに何て云って来たのかな」

「寺男の又市と名乗って、半七が逢いたがっていると云って閻魔長屋に……」

おゆきは、哀しげに俯いた。

「実はね、おゆきさん。お前さんが夜毎、閻魔堂に手を合わせているのに気が付き、何か心配事があるんじゃあないかと思ってね。ちょいと気に掛けていたら、半七が帰って来ていないのを知ったんだよ。それで……」

麟太郎は告げた。

「麟太郎さん……」

「おゆきさん、半七は盗賊の押込みに利用されそうになっているんだ」

「えっ。盗賊の押込み……」

おゆきは驚いた。

「うむ。だが、半七は必死に利用されまいとしている。だから、盗賊はおゆきさんを捕らえて半七を脅し、言いなりにさせようとしているんじゃないかな」

「そんな……」

おゆきは呆然とした。

「処でおゆきさん、座敷でお前さんを助けた浪人、何処の誰か知っているか……」

麟太郎は尋ねた。

「さあ。笠を被り、手拭で口元を隠していたので……」

おゆきは眉をひそめた。

「分からないか……」

「はい……」

「奴は権兵衛と偽名を名乗り、秘かにおゆきさんを見守っている……」

「私を見守っている……」

おゆきは、戸惑いを浮かべた。

「うむ。心当りはないかな」

「私を見守ってくれるお侍なんて……」

おゆきは、首を横に振った。

「知らないか……」

「はい……」

おゆきは頷いた。

「そうか……」

麟太郎は頷いた。

三味線堀は煌めいた。

南町奉行所は表門を八文字に開き、多くの者たちが出入りしていた。

根岸肥前守は、江戸城から下城して内与力の正木平九郎の報告を受けていた。

「以上にございます」

平九郎の報告は終わった。

「そうか。御苦労……」

肥前守は茶を啜った。

「それから御奉行……」

「うむ……」

「先程、臨時廻りの梶原八兵衛がやって来て、木更津の藤八なる盗賊が駒形町の茶道具屋に押込みを企てていると……」

平九郎は報せた。

「ほう。盗賊の押込みか……」

「はい……」

「して、狙われている茶道具屋とは……」

「玉泉堂と申す老舗で、何でも江戸でも指折りの金蔵を構えており、木更津の藤八は、その金蔵を破ろうとしているそうです」

「江戸でも指折りの金蔵を破るか……」

「はい。その為に金蔵の普請に携わった大工を拐かしたとか……」

「拐かし……」

肥前守は眉をひそめた。

「はい……」

「良くわかったな」

「その大工、元浜町の閻魔長屋に住んでいまして……」

「閻魔長屋だと……」

「はい……」

「ならば、麟太郎が絡んでいるのか……」

肥前守は読んだ。

「左様にございます」

平九郎は頷いた。

「忙しい奴だな。して、麟太郎はどうしているのだ」

「はい。拐かされた大工を助けようとしているそうです」

「そうか。して、梶原八兵衛は……」

「木更津の藤八を追っています」

「よし。平九郎、盗賊共に勝手な真似をさせてはならぬ。駒形町の茶道具屋玉泉堂を秘かに警戒致せ……」

　肥前守は命じた。


　閻魔長屋の井戸端に人はいなく、静けさに満ちていた。

　麟太郎は、油断なく閻魔長屋を窺った。

　不審を感じさせるものはない。

「おゆきさん……」

　麟太郎は、奥のおゆきの家に向かった。

　おゆきは続いた。

　麟太郎は、腰高障子越しにおゆきの家の中の様子を窺った。

　木更津の藤八一味の者が先廻りをしているかもしれない。

　麟太郎は、おゆきに閻魔長屋に戻らず、姿を隠すように勧めた。だが、おゆきは半七が帰って来た時、自分がいないのを恐れた。

権兵衛も秘かに警戒しているから良いか……。

麟太郎は、おゆきが閻魔長屋の家に戻るのに頷いた。

おゆきの家の中にも異変はなかった。

麟太郎は見定めた。

「じゃあ、おゆきさん、充分に気を付けるんだよ」

「はい……」

おゆきは頷いた。

麟太郎は、おゆきの家の腰高障子を閉めて振り返った。

木戸に人影が過ぎった。

盗賊木更津の藤八一味の者か、それとも権兵衛か……。

麟太郎は、木戸に急いだ。

木戸の傍には誰もいなかった。

麟太郎は、閻魔堂の階に権兵衛が腰掛けているのに気が付いた。

「やあ。権兵衛さん……」

麟太郎は笑い掛けた。

「青山どの……」

権兵衛は、強張(こわば)った笑みを浮かべた。

「おゆきさんは無事ですよ」

麟太郎は告げた。

「そうですか……」

権兵衛は、安堵したように声を弾ませた。

「ええ……」

麟太郎は、権兵衛の隣に腰掛けた。

「青山どの……」

「権兵衛さん、おゆきさんの亭主の大工の半七。今、木更津の藤八って盗賊に捕らわれて押込みの手伝いをさせられそうになっていましてね。盗賊は半七を言いなりにさせる為に、女房のおゆきさんを……」

「捕らえようとしましたか……」

「ええ……」

「ならば、奴らは盗賊一味の者共……」

権兵衛は、厳しさを浮かべた。

「ええ。此からも盗賊共は、半七に押込み先の金蔵を破る手伝いをさせる為、おゆきさんの身柄を狙ってくる筈です」

麟太郎は読んだ。

「おのれ、盗賊。次は容赦はせぬ……」

権兵衛は、怒りを滲ませた。

「ならば権兵衛さん、私はちょいと出掛けて来ます。おゆきさんの用心棒、宜しく頼みましたよ」

「心得ました……」

権兵衛は頷いた。

麟太郎は、盗賊共のいた新寺町の古寺に向かった。

麟太郎は、浜町堀沿いの道を北に急いだ。

「麟太郎さん……」

亀吉が駆け寄って来た。

「亀さん、丁度良かった……」

麟太郎は、思わず笑みを浮かべた。

「親分と梶原の旦那が木更津の藤八一味を追い、内与力の正木さまが茶道具屋の玉泉堂に秘かに見張りを付けましたよ」

「そいつは良かった。一緒に来て下さい」

麟太郎は、亀吉に事の次第を話しながら新寺町の古寺に急いだ。

新寺町の古寺は山門を閉めていた。

「此の寺ですか……」

亀吉は、閉じられた山門越しに古寺を眺めた。

「おそらく、住職と寺男は木更津の藤八の一味、一味の盗っ人宿の一つですね」

麟太郎は読んだ。

「忍び込んでみますか……」

「ええ……」

麟太郎は頷いた。

古寺の横手の庭は手入れがされてなく、雑木と雑草が生い茂っていた。

麟太郎と亀吉は、土塀を乗り越えて古寺の横手の庭に忍び込んだ。

古寺からは人の気配も物音もしなかった。

麟太郎と亀吉は、古寺の庫裏に忍び込んだ。


古寺の庫裏には人の潜んでいる気配はなく、囲炉裏の灰も冷え切っていた。

麟太郎と亀吉は、庫裏から方丈の座敷に進んだ。

方丈の座敷や本堂にも人はいなかった。

「どうやら、尻に帆を掛けたようですね」

亀吉は見定めた。

「ええ。きっと他の盗っ人宿に……」

「ま、その他の盗っ人宿の手掛り、何かないか探してみますか……」

麟太郎と亀吉は、古寺の中に木更津の藤八一味の者が逃げた他の盗っ人宿の手掛りを探した。


古寺の裏庭には、小さな家作があった。

麟太郎と亀吉は中に入った。

小さな家作には、居間と座敷、小部屋があった。

座敷の窓からは、中庭越しに寺の座敷が見えた。

「麟太郎さん……」

亀吉の呼ぶ声が小部屋からした。

麟太郎は、亀吉のいる小部屋に入った。

小部屋には、微かな異臭が漂っていた。

「こんな物がありましたぜ……」

亀吉は、縄と僅かに水の入った竹筒、そして干涸らびた飯粒などを示した。

「半七、此処に閉じ込められていましたか……」

麟太郎は読んだ。

「きっと……」

亀吉は頷いた。

「で、おゆきさんを騙して連れ込み、半七を脅した……」

「ええ……」

「だが、権兵衛さんがおゆきさんを助け、俺が連れて逃げたので、別の盗っ人宿に移った」

麟太郎は睨んだ。

「ま、そんな処ですか……」

亀吉は頷いた。

「そうか。半七、此処に閉じ込められていたのか……」

麟太郎は、暗くて狭い小部屋を見廻した。

微かな異臭が漂い続けた。

四

風鈴の音が鳴った。

権兵衛は、閻魔堂の階(きざはし)から立ち上がった。

便り屋(たよや)が風鈴を下げた文箱を担ぎ、軽い足取りでやって来て閻魔長屋の木戸を潜った。

権兵衛は見送った。

便り屋は、おゆきの家の腰高障子を叩いた。

おゆきに手紙か……。

権兵衛は見守った。

便り屋は町飛脚であり、風鈴を鳴らして手紙を集めて届けて歩いた。

おゆきが腰高障子を開け、顔を出した。

便り屋は、おゆきに手紙を渡して閻魔長屋を出て行った。

誰から何の手紙だ……。

権兵衛は眉をひそめた。

僅かな刻が過ぎた。

おゆきが現れ、足早に木戸に向かって来た。

権兵衛は、咄嗟に閻魔堂の中に隠れた。

おゆきは、木戸を出て閻魔堂の前にしゃがみ込んで手を合わせた。

「どうか、どうか、半七をお助け下さい」

おゆきは祈り、裏通りを浜町堀に急いだ。

権兵衛は、閻魔堂を出ておゆきを追った。

おゆきは、便り屋の手紙で呼び出された。

手紙は、おそらく盗賊からのものだ。そして、半七の命を助けたければ、何処かに来いと書かれていたのだ。

権兵衛は読んだ。

おゆきは、浜町堀に架かっている汐見橋を渡り、両国広小路に向かって進んだ。

権兵衛は追った。

大川には様々な船が行き交っていた。

麟太郎と亀吉は、駒形堂の前に佇んで斜向いの茶道具屋『玉泉堂』を眺めた。

茶道具屋『玉泉堂』は、老舗らしくゆったりとした店構えだった。

『玉泉堂』には、値の張る茶釜や風炉、茶碗、茶筅、棗などの茶道具、そして名のある茶人と拘わりのある物が揃っており、江戸でも指折りの金蔵には、小判やお宝が一杯だとの噂だった。

盗賊木更津の藤八は、一味の者たちに茶道具屋『玉泉堂』を見張らせている筈だ。

そして、南町奉行所内与力の正木平九郎も秘かに配下を潜ませている。

盗賊木更津の藤八の手下と思える者はいるのか……。

麟太郎と亀吉は、茶道具屋『玉泉堂』の表が見通せる蔵前通りを窺った。

茶道具屋『玉泉堂』の前の蔵前通りには様々な店が連なり、行き交う通行人の他には店の者、客、行商人たちがいるだけだ。

盗賊の手下は、向い側に連なる店の中から茶道具屋『玉泉堂』を見張っているかもしれない。

　麟太郎と亀吉は、向い側に連なる店を窺った。だが、盗賊の手下が潜んでいると思える店は見当が付かなかった。

　ならば、行商人はどうだ……。

　麟太郎と亀吉は、茶道具屋『玉泉堂』の表が見える店の軒下を借りて商売をしている鋳掛屋、七味唐辛子売り、簾売りなどを窺った。

　鋳掛屋、七味唐辛子売り、簾売りの何れもいざと云う時、商売の道具や品物の始末が面倒な行商なのだ。

「おそらく違いますね……」

　亀吉は睨んだ。

「ええ……」

　麟太郎は頷いた。

「ですが、盗賊は押込みが近いとなると、獲物に気が付かれたか、不審な事が起きていないか見定めるものです。必ず手下が何処かから見張っている筈です」

　亀吉は睨んだ。

「そうですか……」

麟太郎は、多くの人々の行き交う蔵前通りに眼を凝らした。

茶道具屋『玉泉堂』の斜向いにある荒物屋の二階の窓の障子が開き、窓辺に中年男が現れた。

「亀さん……」

麟太郎は、亀吉を呼んだ。

「どうしました」

「あの、斜向いの荒物屋の二階……」

麟太郎は告げた。

亀吉は、荒物屋の二階の窓を見た。

二階の窓辺にいた中年男は奥に消え、若い男が現れて茶道具屋『玉泉堂』を眺めた。

亀吉は眉をひそめた。

「南町奉行所の人じゃあ……」

「いえ。初めて見る顔です」

亀吉は、首を横に振った。

「じゃあ、藤八の手下ですか……」

麟太郎は読んだ。

「おそらく……」

亀吉は頷いた。

「じゃあ、あの荒物屋を見張って……」

「麟太郎さん……」

亀吉は遮り、荒物屋を示した。

二階の窓辺にいた中年男が、荒物屋から出て来て駒形堂に向かって来た。

麟太郎と亀吉は、駒形堂の陰に隠れて通り過ぎる中年男を見送った。

中年男は、大川沿いの道に出て浅草吾妻橋に向かった。

「亀さん……」

麟太郎と亀吉は、中年男を慎重に尾行た。

吾妻橋には多くの人が行き交っていた。

中年男は、材木町に進んで竹町之渡を過ぎ、吾妻橋の袂近くにある小さな船宿に入った。

麟太郎と亀吉は見届け、軒行灯に『船宿舟清』と書かれた屋号を読んだ。

「此処が木更津の藤八の盗っ人宿なら押込み先の茶道具屋玉泉堂と目と鼻の先ですぜ」

亀吉は、戸惑いを浮かべた。

「ええ。木更津の藤八、かなり狡猾で大胆な盗賊ですね」

「とにかく、船宿舟清が本当に盗っ人宿で木更津の藤八が潜んでいるかどうかですぜ」

「ええ……」

麟太郎は頷いた。

「麟太郎さん……」

亀吉は、蔵前通りから続く道を見て眉をひそめた。

「えっ……」

麟太郎は、亀吉の視線を追った。

おゆきが、蔵前通りから続く道を足早にやって来た。

「おゆきさん……」

麟太郎は眉をひそめた。

「船宿舟清……」

おゆきは、大川沿いの道に出て辺りを見廻した。そして、『船宿舟清』に気が付いて駆け寄った。

麟太郎は、厳しい面持ちでおゆきを見守った。

手拭で頬被りをした権兵衛が、おゆきを追って現れた。

「麟太郎さん……」

亀吉は、権兵衛に気が付いた。

「ええ……」

麟太郎は、喉を鳴らして頷いた。

おゆきは、思い詰めた顔で『船宿舟清』に入った。

権兵衛は、『船宿舟清』に近付いた。

「どうします……」

亀吉は、麟太郎の出方を窺った。

「乗り込むしかないでしょう」

「じゃあ、裏に廻ります」

「はい……」

麟太郎は頷いた。

亀吉は、路地に走り裏に廻った。

麟太郎は、権兵衛を見守った。

権兵衛は、『船宿舟清』の店土間に踏み込んだ。

麟太郎は、『船宿舟清』の戸口に走った。


おゆきは、身を固くして座っていた。

「おゆきさんかい、お待たせしましたね……」

白髪頭の小柄な年寄りが、穏やかな笑みを浮かべて入って来た。

「手紙の通りに来ました。半七は、半七は何処ですか……」

おゆきは、白髪頭の小柄な年寄りを縋るような眼差しで見詰めた。

「ま、慌てなさんな……」

白髪頭の小柄な年寄りは笑みを消し、おゆきに値踏みするような眼を向けた。

おゆきは怯(おび)えた。

「おい……」

白髪頭の小柄な年寄りは、次の間に声を掛けた。

次の間への襖(ふすま)が開き、男たちが『大寅』の印半纏を着た半七を連れて来た。

「お、お前さん……」

おゆきは、思わず叫んだ。

「おゆき……」

半七は、おゆきに気が付いて必死に跪いた。

「静かにしろ……」

男たちは、半七を左右から押さえ付けた。

一緒にいた浪人が、半七の腹に刀の鞘尻を打ち込んだ。

半七は、崩れ落ちて苦しく呻いた。

「お前さん……」

おゆきは、半七に寄ろうとした。

もう一人の浪人が、おゆきを押さえた。

「離して。離して下さい」

おゆきは、必死に抗った。

もう一人の浪人は、抗うおゆきを張り倒した。

おゆきは、悲鳴を上げて倒れた。

「止めろ。止めてくれ……」

半七は頷いた。

「半七、おゆきを助けたければ、玉泉堂の金蔵を破るんだ……」

白髪頭の小柄な年寄りは、半七に笑い掛けた。

「分かった。玉泉堂の金蔵を破る。破るからおゆきに手を出さないでくれ。助けてくれ」

半七は、白髪頭の小柄な年寄りに頭を下げて頼んだ。

「半七、漸く此の木更津の藤八の云う事を聞く気になったか……」

白髪頭の小柄な年寄りは、残忍な笑みを浮かべた。

盗賊木更津の藤八は、白髪頭の小柄な年寄りだった。

「ああ。だから、おゆきだけは助けてくれ……」

半七は、必死に頼んだ。

「お前さん……」

おゆきは泣いた。

刹那、盗賊の手下が突き飛ばされて倒れ込んで来た。

木更津の藤八は、片膝立ちになった。

二人の浪人が、素早く藤八を庇い立った。

盗賊の手下たちは匕首を抜いた。

手拭で口元を隠した権兵衛が、一人の手下の腕を捻り上げて入って来た。

おゆきと半七は戸惑った。

「な、何だ手前は……」

盗賊の手下たちが、匕首を構えて権兵衛を取り囲んだ。

「半七とおゆきを返して貰う……」

権兵衛は、木更津の藤八を厳しく見据えた。

「手前……」

藤八は、満面に凶悪な怒りを漲らせ、嗄れ声を震わせた。

手下たちは、権兵衛に襲い掛かった。

権兵衛は、抜き打ちの一刀を放った。

手下の一人が斬られ、血を飛ばして倒れた。

権兵衛は、血の滴る刀を構えて木更津の藤八を見据えた。

「こ、殺せ。殺せ……」

藤八は、白髪頭を振り立て、老顔を醜く歪めて怒鳴った。

二人の浪人は、権兵衛に斬り掛かった。

権兵衛は、斬り結んだ。

「野郎、半七たちがどうなっても良いのか……」

手下の一人が、半七とおゆきに匕首を突き付けて叫んだ。

権兵衛は怯んだ。

二人の浪人は、権兵衛を押した。

権兵衛は後退し、壁際に追い詰められた。

次の瞬間、麟太郎が飛び込んで来て半七とおゆきに匕首を突き付けている手下を蹴り飛ばした。

手下は、悲鳴を上げて転がった。

「半七さん、おゆきさん……」

麟太郎は、半七とおゆきを助けた。

「麟太郎の旦那……」

半七とおゆきは、微かな安堵を浮かべた。

麟太郎は、半七とおゆきを後ろ手に庇った。

「あ、青山どの……」

権兵衛は、声を弾ませた。

「権兵衛さん、容赦は無用だ……」
麟太郎は叫んだ。
「心得た……」
権兵衛は、猛然と反撃に出て二人の浪人と鋭く斬り合った。
麟太郎は、半七とおゆきを護って手下たちを蹴散らした。
裏手で呼び子笛が吹き鳴らされた。
亀さんだ……。
麟太郎は、襲い掛かる手下たちから半七とおゆきを護り、闘った。
権兵衛は、浪人の一人と鋭く斬り結び、横薙(よこな)ぎの一刀を放った。
浪人は、腹を斬られて倒れた。
刹那、残る浪人が権兵衛を背後から斬った。
権兵衛は、肩を斬られて血を飛ばし、大きく仰(の)け反(ぞ)った。
残る浪人は、仰け反った権兵衛に二の太刀を放った。
権兵衛は、残る浪人の腹に刀を突き刺した。
残る浪人は呆然とした。
権兵衛は、一気に押し込んだ。

残る浪人は、腹を突き刺されたまま後退して壁に突き当たった。

権兵衛は、斬られながらも二人の浪人を斃した。

「権兵衛さん……」

麟太郎は焦った。

木更津の藤八は、残った手下たちと逃げた。

「麟太郎さん……」

亀吉が裏手から入って来た。

「亀さん、半七とおゆきさんを頼みます」

「承知……」

麟太郎は、半七とおゆきを亀吉に頼んで木更津の藤八を追った。


呼び子笛が鳴り響いていた。

木更津の藤八と手下は、『船宿舟清』から逃げ出し、大川の船着場で揺れている猪牙舟に走った。

梶原八兵衛と辰五郎たちが現れ、藤八と手下たちに迫った。

「梶原の旦那、親分。その年寄りが木更津の藤八です」

麟太郎は怒鳴った。

梶原と辰五郎たちは、藤八と手下たちに猛然と襲い掛かった。

麟太郎は、『船宿舟清』に駆け戻った。


権兵衛は、肩から血を流して蹲っていた。

亀吉が、懸命に血止めをしていた。

半七とおゆきは、呆然と見守っていた。

「亀さん……」

麟太郎が駆け込んで来た。

「麟太郎さん……」

「どうですか……」

麟太郎は、権兵衛を窺った。

「かなりの深手で、気を失っています。医者に運びましょう」

「うん。外で梶原の旦那と親分たちが藤八たちを捕らえました。人を呼んで来ます」

麟太郎は駆け出した。

麟太郎と亀吉は、気を失っている権兵衛を医者に担ぎ込んだ。

医者は、厳しい面持ちで傷の手当てをした。

権兵衛の傷は深く、命が助かるかどうかは難しかった。


盗賊木更津の藤八は捕縛され、一味は瓦解した。

半七は、藤八に拉致(らち)されて茶道具屋『玉泉堂』の金蔵を破るように迫られた。だが、半七は頑として頷かず、藤八はおゆきを捕らえて脅した。

権兵衛は、半七とおゆきを助けて斬られ、生死の境を彷徨(さまよ)っていた。

命を懸けて迄、護ろうとしたおゆきとはどのような拘わりがあるのか……。

麟太郎は、おゆきに尋ねた。

「あの浪人さんですか……」

「ああ。おゆきさんと半七さんを助ける為、命を懸けた。どんな拘わりがあるのかな……」

「さあ。私、あの浪人さん、存じません」

おゆきは首を捻った。

「知らない……」

麟太郎は困惑した。

「はい……」

「今迄に何処かで出逢ったとか、知り合ったとかも……」

「はい。覚えはありません」

おゆきは、戸惑いを浮かべて麟太郎を見詰めた。

嘘偽りはない……。

麟太郎は見定めた。

だが、何の拘わりもない者が赤の他人の為に命を懸ける筈はない。

おゆきと権兵衛の拘わりは、必ずあるのだ。

麟太郎は読んだ。


麟太郎は、町医者の許を訪れた。

「おお、丁度良い処に来た。権兵衛さんが漸く気を取り戻した」

医者は告げた。

麟太郎は、権兵衛の許に急いだ。

部屋は薬湯の匂いに満ちていた。

「権兵衛さん……」

麟太郎は呼び掛けた。

「おお、青山どの……」

権兵衛は、瞑っていた眼を開けた。

「大丈夫ですか……」

「おゆきさんは……」

「無事です。亭主の半七さんも……」

「そうですか、良かった……」

「処で権兵衛さん、何故、命を懸けておゆきさんを助けたのですか……」

麟太郎は尋ねた。

「詫びです……」

権兵衛は、頬を引き攣らせて苦笑した。

「詫び……」

「ええ。大昔、迷惑を掛けたせめてもの詫びです」

「どんな迷惑ですか……」

「青山どの、私は旗本の部屋住みで、悪い仲間と連んで馬鹿な真似をしていました。

その頃、屋敷に女中奉公していた娘がいましてね」

「その娘がおゆきさんですか……」

麟太郎は読んだ。

「ええ。詫びが出来て良かった……」

権兵衛は微笑み、不意に項垂れて気を失った。

「権兵衛さん。先生……」

麟太郎は医者を呼んだ。

医者が駆け付け、権兵衛の様子を診て手当てを始めた。だが、医者の手当ての甲斐はなかった。

権兵衛は、微かな笑みを浮かべて息を引き取った。

麟太郎は、権兵衛の本名もおゆきに対する何の詫びかも分からなかった。

「娘の頃に奉公していた旗本屋敷……」

おゆきは眉をひそめた。

「ええ。権兵衛さんは、その旗本屋敷の部屋住みで、おゆきさんに迷惑を掛けたそうですね」

「永野さまの部屋住み。じゃあ、権兵衛さんは純之助さま……」

おゆきは困惑した。

「権兵衛さん、本名は永野純之助ですか……」

「純之助さま、まるで別人……」

おゆきは呆然とした。

権兵衛は、部屋住みの若者の頃とは、別人のように変っていたのだ。

「そうですか。で、おゆきさんの為に命を懸けたのは。昔、迷惑を掛けた詫びだそうだ」

「詫び……」

「ええ。迷惑を掛けた詫び……」

「そうですか……」

「おゆきさん、迷惑とは……」

「忘れました。もう覚えていません」

おゆきは、遠くを眺めた。

「おゆきさん……」

麟太郎は、権兵衛がおゆきに掛けた迷惑が哀しく辛いものだと知った。

「私はとっくに忘れたのに、純之助さまも忘れてくれれば良かったのに……」

おゆきの声に涙が含まれた。

麟太郎は、おゆきの哀しげな横顔を見詰めた。

おゆきの云った通り、小石川に旗本永野家があり、純之助と云う部屋住みはいた。純之助は、十年前に永野家を勘当され、消息を断っていた。

その後、純之助が何をして来たかは分からない。だが、昔迷惑を掛けたおゆきの窮地を知り、権兵衛となって詫びに現れたのだ。

永野純之助が、〝名無しの権兵衛〟になった経緯は誰も知らないのかもしれない。

何れにしろ、永野純之助は部屋住みの時とは違い、顔や姿形も別人のように変貌して権兵衛となっていた。

権兵衛の詫びは終わった。

「何れにしろ、おゆきさん。時々、権兵衛さんを思い出して手を合わせてやるのだな」

「はい……」

小さく頷いたおゆきの頬には、一滴の涙が流れた。

永野純之助は、市井の片隅で次第に〝名無しの権兵衛〟になっていったのだ。
ひっそりと誰にも知られずに……。
麟太郎は、微笑みを浮かべて死んでいった権兵衛の生涯を哀れんだ。
名無しの権兵衛は、誰にも知られずに生まれ、誰にも知られずに滅びていく……。

第三話　福の神

一

燭台の明かりは仄かに辺りを照らしていた。

修羅の巷に花一輪……。

麟太郎は、絵草紙の外題を大きく書いて筆を置いた。

やっと書き終えた……。

麟太郎は、大の字に寝て両手両足を大きく伸ばした。

書き終えた絵草紙が面白いかどうかは分からない。だが、今の閻魔堂赤鬼には精一杯のものなのだ。

お蔦が認めてくれれば良いのだが……。

麟太郎は、不安に駆られた。

よし、閻魔王に祈るしかない……。

麟太郎は、長屋の自宅を出た。
寝静まった閻魔長屋には、夜風が静かに吹き抜けていた。
麟太郎は、閻魔長屋の木戸を出て閻魔堂に向かった。
閻魔堂は月明かりを浴びていた。
麟太郎は、閻魔堂に手を合わせた。
「どうか、絵草紙の評判が良いように……」
麟太郎は祈った。
微かな呻き声がした。
「うん……」
麟太郎は、合わせた手を解いて閻魔堂の周囲を見廻した。
閻魔堂の周囲には誰もいなかった。
呻き声は苦しく続いた。
何処だ……。
麟太郎は、閻魔堂の格子戸を覗いた。
閻魔堂の中には格子戸越しに月明かりが差し込み、閻魔王の前に羽織を着た年寄りが倒れていた。
行き倒れか……。
麟太郎は、閻魔堂に入った。
「おい。どうした……」
麟太郎は、倒れている羽織を着た小柄な年寄りに駆け寄った。
羽織を着た年寄りは気を失い、顔を赤くして息を荒く鳴らしていた。
麟太郎は、羽織を着た年寄りの額に手を当てた。
年寄りの額は熱かった。
酷い熱だ……。
麟太郎は戸惑い、慌てた。
とにかく、気を失った高熱の年寄りを閻魔堂に放って置く訳にはいかない。
「おい。しっかりしろ……」
麟太郎は、羽織を着た年寄りを背負い、閻魔堂から閻魔長屋の自分の家に運んだ。
羽織を着た年寄りは軽かった。

鱗太郎は、年寄りの羽織を脱がして粗末な蒲団に寝かせ、濡れた手拭で額を冷やしてやった。

「すみません……」

気を取り戻した年寄りは、苦しげな嗄れ声で詫びた。

「なに、病の時はお互い様だ。気にするな。今、熱冷ましの煎じ薬を作るぞ」

鱗太郎は、竈に火を熾し、熱冷ましの薬草を入れた土瓶を掛けた。

「ありがとうございます」

年寄りは、礼を述べて疲れ果てたように眼を瞑った。

竈の火は燃えた。

四半刻(約三十分)が過ぎた。

鱗太郎は、出来上がった熱冷ましの煎じ薬を年寄りに飲ませた。

年寄りは眠りに落ちた。

鱗太郎は一息吐いた。

夜明けが近付いたのか、窓の障子は僅かに明るくなって来た。

年寄りの熱は、煎じ薬が効いたのか随分と下がった。だが、未だ身体の芯に熱が残っており、余り動く事が出来なかった。

「お陰さまで助かりました」

「いや。熱が下がって何よりだ」

「はい。申し遅れました。手前は彦六と申しまして骨董品の目利きを生業にしております」

年寄りは彦六と名乗り、骨董品の目利きだと告げた。

「目利きの彦六さんか。私は青山麟太郎、絵草紙の戯作者だ」

「青山麟太郎さま、絵草紙の戯作者ですか……」

彦六は、麟太郎に物珍しそうな眼を向けた。

「うん。で、此から地本問屋に書き上がった絵草紙を届けに行って来るので、寝ているが良い」

「はい。忝うございます。きっと面白い絵草紙でしょうね」

「さあな、版元の旦那に気に入って貰えるかどうか……」

麟太郎は、不安げな笑みを浮かべた。

「青山さまのお書きになったものなら大丈夫ですよ。きっと、版元に気に入られます」

彦六は笑った。

「だったら良いがな。じゃあ、行って来る」

麟太郎は、昨夜書き上げた絵草紙の原稿を懐に入れて出掛けて行った。

「お気を付けて……」

彦六は見送り、吐息を洩らして眼を瞑った。

麟太郎は、閻魔堂に手を合わせた。

どうか、お蔦が気に入るように……。

麟太郎は祈った。

お蔦が気に入らず、原稿料を貰えなければ、彦六に食べさせる飯の仕度も出来ない。

とにかく宜しく頼みます……。

麟太郎は、懐に入れた原稿を叩き、通油町の地本問屋『蔦屋』に急いだ。

地本問屋『蔦屋』の女主のお蔦は、麟太郎の書いて来た絵草紙『修羅の巷に花一輪』を読み終えた。

麟太郎、緊張に喉を鳴らしてお蔦の言葉を待った。

「良いじゃあない。面白く出来ているわね」

お蔦は笑った。

「そ、そうか。面白いか……」

麟太郎は、言葉を弾ませた。

「ええ。気に入りました。引き取りますよ」

「ありがたい……」

麟太郎は喜んだ。

彦六の云う通り、版元の地本問屋『蔦屋』の二代目のお蔦に気に入られたのだ。

良かった……。

麟太郎は、お蔦から稿料を貰った。

「どう、お昼でも食べて行く……」

「いや。此から何か食べ物を買って帰らなければならなくてな」

「あら、どうかしたの……」

「うん。昨夜、年寄りが高い熱を出して閻魔堂に倒れていてな」

「あら、ま、大変……」

「それで、うちに担ぎ込んで熱冷ましの煎じ薬を飲ませて、どうやら熱は下がったのだが、未だ余り動けなくてな。うちで寝ているのだ」

「それで、食べ物を買って帰るって訳……」

「ああ。じゃあ……」

麟太郎は、慌ただしく出て行った。

「もう、見ず知らずの年寄りを。本当に人が良いんだから……」

お蔦は苦笑した。

麟太郎は、野菜と卵を買って元浜町(もとはまちょう)の閻魔長屋に急いだ。

途中、麟太郎は道端の天水桶(てんすいおけ)の陰に小さな風呂敷包みがあるのに気が付いた。

「落し物か……」

麟太郎は、戸惑いながら小さな風呂敷包みを拾い上げた。

風呂敷包みの中を検(あらた)めている暇はない。

麟太郎は、拾った小さな風呂敷包みを元浜町の自身番に届けた。

「此(こ)の先の天水桶の陰にあった。人を待たせているのでな……」

麟太郎は、自身番の顔見知りの番人の平助(へいすけ)に拾った小さな風呂敷包みを渡し、野菜と卵を抱えて閻魔長屋に急いだ。

竈に掛けられた鍋で雑炊は煮えた。

麟太郎は、刻んだ野菜を入れた雑炊に卵を落とした。

「さあ、腹が減っただろう。卵入りの野菜雑炊だ。美味いぞ……」

麟太郎は、椀に盛った卵入りの野菜雑炊を彦六の許に運んだ。

「こりゃあ美味そうだ。造作を掛けて申し訳ありません」

彦六は恐縮した。

「いや。彦六さんが云った通り、版元の旦那が気に入ってくれてな。稿料を貰った。遠慮は無用だ。さあ、食べよう」

麟太郎は、卵入りの野菜雑炊を食べ始めた。

彦六は、箸を取って食べ始めた。

「美味い……」

彦六は驚いた。

「だろう。お代わりもあるぞ」

麟太郎は、嬉しそうに笑った。

「はい……」

彦六は、美味そうに雑炊を食べた。

「処で彦六さん、昨夜、どうして閻魔堂の中にいたんだ」

麟太郎は尋ねた。

「えっ、そいつは、熱が出て具合が悪くなり、閻魔堂でちょいと休んでいたら、風が吹いて来て、それで、つい閻魔堂の中に……」

「で、熱が高くなり、気を失ったか……」

「ええ……」

彦六は頷いた。

「そうか……」

麟太郎は、雑炊を掻き込んだ。

腰高障子が叩かれた。

「麟太郎さん、おいでですか、麟太郎さん……」

麟太郎を呼ぶ男の声がした。

「おう。誰だ」

「自身番の平助ですぜ」

「おお。平助さんか……」

麟太郎は、腰高障子を開けた。

腰高障子の外には、元浜町の自身番の番人の平助が初老の旦那風の男といた。

「どうした、平助さん」

麟太郎は、戸惑いを浮かべた。

「此方の御浪人さんが拾って、自身番に届けてくれたんですよ」

平助は、旦那風の男に告げた。

「そうでございますか。此の度は落し物を届けて頂きましてありがとうございます」

旦那風の男は、麟太郎に頭を下げた。

「いや。礼には及ばん……」

「お陰さまでお得意様の大切な品物を無くさずにすみました。些少ではございますが、此はお礼にございます」

旦那風の男は、小さな紙包みを麟太郎に押し付けた。

「いや。私は……」

麟太郎は戸惑った。

「手前のほんの気持ちにございます。ありがとうございました」

旦那風の男は、麟太郎に小さな紙包みを押し付け、頭を下げて木戸に立ち去った。

「いや。礼など……」

「良いじゃありませんか、麟太郎さん……」

平助は笑い、旦那風の男を追って行った。

「平助さん……」

麟太郎は見送り、小さな紙包みを開いた。

小さな紙包みには、二枚の一分銀が入っていた。

「二分……」

麟太郎は呟いた。

二分は一両の半分であり、庶民には大金だ。

麟太郎は、拾った風呂敷包みに高価な物が入っていたのを知った。

「どうしました……」

彦六が、怪訝な声を掛けて来た。

「う、うん……」

彦六を助けてから良い事ばかりだ。

麟太郎は気が付いた。

福の神か……。

麟太郎は、思わず彦六を見た。

彦六は、椀と箸を手にして麟太郎を怪訝に見ていた。

小柄で痩せた彦六は、麟太郎の古い大きな浴衣を着て頼りなく貧相だった。

福の神と云うより貧乏神だ……。

麟太郎は苦笑した。

昼下り。

彦六は熱は下がり、家に帰ると云い出した。

「そうか、家に帰るか……」

福の神がいなくなる……。

麟太郎は、彦六が家に帰るのを惜しんだ。

「ええ。お陰さまで熱も下がり、いつ迄も御世話になっている訳に参りませんので……」

彦六は苦笑した。

「遠慮は無用だぞ……」

麟太郎は未練を滲ませた。

「ありがとうございます。ですが、家も留守にはしておけませんので……」

「そうか。して、彦六さん、家は何処だ」

「はい。不忍池の畔は茅町ですよ」

「よし。ならば送るぞ」

麟太郎は、目利きの彦六を不忍池の畔の家に送る事にした。

「そうですか。ありがとうございます」

彦六は恐縮し、自分の着物に着替え始めた。

「なあに、礼を云うのはこっちの方だ。福の神……」

麟太郎は呟いた。

「えっ。何か……」

彦六は。着替えながら麟太郎を見た。

「いや。何でもない……」

麟太郎は、誤魔化すように笑った。

浜町堀から神田八ツ小路に出て、神田川に架かっている昌平橋を渡り、明神下の通りを進めば不忍池に出る。

不忍池は煌めいていた。

麟太郎は、病み上がりの彦六の足取りに合わせて不忍池の畔を進んだ。

「すみませんね……」

「いや。束の間だったが、名残惜しいな……」

麟太郎は、目利きの彦六と云うより、福の神との名残を惜しんだ。

彦六の家は、不忍池の畔、茅町二丁目の路地奥にある古い家だった。

「此処ですよ……」

彦六は、路地奥の古い家を示した。

「ほう。此処か……」

「はい。どうぞ、お茶でも……」

彦六は、古い家の格子戸が僅かに開いているのに気が付いた。

「どうした……」

「戸が開いているんです」

彦六は眉をひそめた。

「えっ。彦六さん、家族は……」

「いません。一人暮らしですよ」

「戸締まり、ちゃんとして出掛けたのか……」

「ええ。勿論(もちろん)ですよ……」

「よし……」

麟太郎は、格子戸を静かに開けて三和土(たたき)に入った。

家の中は薄暗く、静かだった。

麟太郎は、家の中を油断なく進んだ。

彦六が続いた。

麟太郎は、居間に入って眼を瞠(みは)った。

居間の長火鉢(ながひばち)の抽斗(ひきだし)が引き抜かれ、戸棚が荒されていた。

「彦六さん……」

麟太郎は緊張した。

彦六は、厳しい面持ちで居間を見廻した。

「盗(ぬす)っ人(と)か……」

麟太郎は読んだ。

彦六は、座敷の襖を開けた。

座敷の戸棚や押入れも、中の物を引き出されて荒されていた。

「酷いな……」

麟太郎は眉をひそめた。

「ええ……」

彦六は頷いた。

麟太郎は、台所、納戸を兼ねた小部屋、風呂、厠などを調べた。

家の何処にも盗っ人はいなかった。

「それにしても、盗っ人。金だけを狙って荒したのかな……」

麟太郎は、居間に戻った。

彦六は居間にいた。

「家の中には誰もいない……」

「そうですか……」

「して、彦六さん、金は無事か……」

「麟太郎さん、此の家には端から金なんかありませんよ」

彦六は苦笑した。

「じゃあ、値の張る骨董でも盗まれたか……」

麟太郎は睨んだ。

「さあて、そいつは此からですか……」

彦六は、荒された居間と座敷を見廻した。

「そうだな……」

麟太郎は、狭い庭の向こうの路地に人影が過ぎったのに気が付いた。

麟太郎は、彦六の家から路地に出た。

縞の半纏を着た男が、路地から駆け出して行った。

さっきの人影だ……。

麟太郎は、猛然と追った。

二

不忍池は煌めいた。

縞の半纏を着た男は、不忍池の畔を逃げた。

「待て……」

麟太郎は追い縋った。

縞の半纏を着た男は、振り返り態に匕首を振るった。

麟太郎は、咄嗟に跳び退いて身構えた。

「彦六さんの家を荒したのはお前だな」

麟太郎は、縞の半纏を着た男を見据えた。

「煩せえ……」

縞の半纏を着た男は怒鳴り、匕首で突き掛かった。

麟太郎は躱した。

「何を狙って荒した……」

「煩せえって云っているだろう」

縞の半纏を着た男は、匕首を激しく振り廻した。

麟太郎は、跳び退いて躱し続けた。

縞の半纏を着た男は、身を翻して不忍池の畔を逃げた。

麟太郎は追った。

不忍池の畔の雑木林から着流しの武士が現れ、匕首を握って逃げて来る縞の半纏を着た男に抜き打ちの一刀を放った。

麟太郎は眼を瞠った。

縞の半纏を着た男は、首の血脈を断ち斬られて血を振り撒いて倒れた。

着流しの武士は、刀に拭いを掛けて鞘に納めた。

麟太郎は、倒れた縞の半纏を着た男に駆け寄った。

縞の半纏を着た男は息絶えていた。

「何故、斬った……」

麟太郎は、着流しの武士を見据えた。

「匕首を握り締めて向かって来たのだ。咄嗟に無礼討ちにした処で不都合はあるまい」

着流しの武士は、冷ややかに云い放って通り過ぎようとした。

「待て……」

麟太郎は呼び止めた。

「何だ……」

「私は青山麟太郎、おぬしは……」

「直参旗本坂上精一郎……」

着流しの武士は、直参旗本坂上精一郎と名乗り、嘲笑を浮かべて立ち去った。

「直参旗本坂上精一郎……」

麟太郎は見送った。

不忍池に風が吹き抜け、水面に幾筋かの小波が走った。

麟太郎は、縞の半纏を着た男の死体を検めた。

巾着に手拭……。

縞の半纏を着た男は、名や身許を示す物は何も持っていなかった。

麟太郎は、駆け付けた自身番の者たちに己の名と事の次第を告げ、彦六の家に戻った。

「どうしました……」

彦六は、遅く戻った麟太郎に怪訝な眼を向けた。

「うん。此処を窺っていた縞の半纏を着た男を追ってな……」

麟太郎は、事の次第を報せた。

「で、斬り殺されたんですか、縞の半纏を着た男……」

彦六は驚いた。

「ああ。此処に盗みに入った盗っ人かもしれない。何処の誰か心当りあるかな……」

「いいえ……」

彦六は、首を横に振った。

「そうか、心当りはないか……」

「ええ。で、その縞の半纏を着た奴、坂上精一郎って旗本に斬られたんですか……」

彦六は眉をひそめた。

「うん。処で彦六さん、何が盗られたか分かったかな」

「いえ。何も盗られちゃあいませんでしたよ」

彦六は苦笑した。

「そうか。そいつは良かった。じゃあ、やっぱり金が目当ての盗っ人だったのかな」

麟太郎は読んだ。

「きっと……」

彦六は、苦笑しながら頷いた。

「で、役人に報せたのか……」

「いいえ。何も盗まれちゃあいないので……」

「報せないか……」

「ええ。それで麟太郎さん、一つ頼みがあるんですが……」

「頼み……」

「ええ。盗っ人に入られた家に一人ってのは、どうにも落ち着きませんでしてね。今晩だけでも用心棒として泊まってくれませんか……」

彦六は、麟太郎に頭を下げた。

折角、出逢った福の神だ。何かあったら俺が困る……。

「分かった。良いだろう……」

麟太郎は、下心を隠して引き受けた。


不忍池に月影が映え、水鳥の鳴き声が甲高く響いた。

麟太郎は、彦六の家の周囲を見廻った。

不審な者はいなく、変った事もなかった。

「妙な奴はいない……」

「そうですか。じゃあ、ま、一杯……」

彦六は、湯呑茶碗に酒を満たして麟太郎に差し出した。

「うん。いざと云う時に酔っていては何もならぬ。一杯だけだ」

鱗太郎は、嬉しそうに湯呑茶碗の酒を啜った。

彦六も湯呑茶碗の酒を飲んだ。

「処で彦六さん、今迄に目利きをした名高いお宝は何だ……」

「お宝ねえ。いろいろあるけど、一番は雪舟の山水画ですかね」

「ほう。雪舟の山水画か……」

「ええ。そいつは一目見て本物だと分かる程、そりゃあ見事な絵でしたよ」

「そうか。他には……」

「千利休の作った茶碗ですか……」

鱗太郎は、興味深げに彦六の話を聞いた。

夜は静かに更けていった。

不審な者は現れなかった。

鱗太郎と彦六は、何事もなく朝を迎えた。

「それじゃあ彦六さん、俺は帰るが、何かあったら直ぐに報せてくれ」

鱗太郎は、彦六に告げて帰ろうとした。

「鱗太郎さん、此は昨夜の用心棒代です」

彦六は、紙に包んだ用心棒代を麟太郎に渡した。

「そうか。遠慮なく頂く。ではな……」

麟太郎は、紙に包まれた用心棒代を懐に入れ、不忍池の畔を明神下の通りに向かった。


途中、麟太郎は彦六のくれた用心棒代を検めた。

一朱銀が二枚包まれていた。

一晩で二朱とは、破格の用心棒代だ。

原稿料、落し物の礼金、そして用心棒代……。

彦六と出逢ってから金が次々と入って来る。

やはり、彦六は福の神だ……。

麟太郎は、弾む足取りで浜町堀に向かった。


浜町堀には荷船が行き交っていた。

麟太郎は、閻魔長屋に帰って来た。

閻魔堂の前には、下っ引の亀吉がいた。

「やあ。亀さん……」

「探しましたよ、麟太郎さん。何処に行っていたんですか……」

亀吉は、厳しい眼を向けた。

「うん。ちょいと福の神の処にな」

麟太郎は、だらしのない笑みを浮かべた。

「福の神……」

亀吉は眉をひそめた。

「ええ。それより、何か用ですか……」

「昨日、不忍池の畔で遊び人の伊吉が斬り殺された時、居合わせたそうですね」

「あの縞の半纏の男、遊び人の伊吉ってんですか……」

麟太郎は、彦六の家を荒し、旗本の坂上精一郎に斬り殺された縞の半纏を着た男の名を知った。

「ええ。で、梶原の旦那が詳しい事情を聴きたいと仰っていましてね。一緒に来て戴けますかい……」

「ええ。良いですよ」

麟太郎は、気軽に頷いた。

南町奉行所には、多くの人が忙しく出入りをしていた。

麟太郎は、同心詰所の座敷に通された。

臨時廻り同心の梶原八兵衛は、連雀町の辰五郎と一緒にいた。

「やあ。わざわざ来て貰い、造作を掛けるね」

梶原は、麟太郎を迎えた。

「いいえ……」

麟太郎は、笑顔で頷いた。

「して、遊び人の伊吉が斬られた時、居合わせたそうだね」

「ええ。縞の半纏を着た男、伊吉ですか。私の知り合いの家に物盗りに入ったようでしてね。問い詰めようとしたら逃げ、追ったら匕首を振り廻しましてね。そこに旗本の坂上精一郎が現れ、無礼討ちにしたって訳ですよ」

麟太郎は告げた。

「ほう。伊吉、麟太郎さんの知り合いの家に物盗りに入ったのか……」

「ええ……」

「知り合いってのは……」

辰五郎は訊いた。

「彦六って骨董品の目利きです」

「目利きの彦六……」

辰五郎は眉をひそめた。

「はい……」

「で、伊吉が彦六の家に物盗りに入った……」

梶原は、話の先を促した。

「ええ。で、金目の物を探したのか、家中を荒していましてね。で、私が家を窺っていた伊吉を見付けて……」

「追い、伊吉は旗本の坂上精一郎に無礼討ちにされた……」

「はい……」

麟太郎は頷いた。

「麟太郎さん、旗本の坂上精一郎は偶々通り掛かったのか、それともその場に居合わせたのか、どっちかな」

梶原は尋ねた。

「いきなり現れたから、居合わせたのかもしれませんね」

麟太郎は、己の言葉に頷いた。

「いきなりか。良く分かった。造作を掛けたね」

梶原は、麟太郎を解放した。

「そうですか。では、此にて御免……」

麟太郎は、座敷から出て行った。

「亀吉、お供しな……」

辰五郎は、亀吉に命じた。

「承知……」

亀吉は頷き、麟太郎を追って座敷から出て行った。

南町奉行所は、外濠に架かっている数寄屋橋御門内にあった。

麟太郎は、弾む足取りで南町奉行所を出て数寄屋橋御門を渡った。

「何か良い事でもあったんですかい……」

亀吉は苦笑した。

「う、うん。亀さん、一杯飲みに行こう。奢るよ」

「絵草紙、上手く行ったのですか……」

「まあね……」

　麟太郎は笑い、軽い足取りで外濠沿いの道を鍛冶橋御門に向かった。

「目利きの彦六、知っているか……」

　梶原八兵衛は、辰五郎に尋ねた。

「名前だけは、聞いた覚えがあります」

　辰五郎は頷いた。

「どんな奴だ……」

「噂じゃあ、目利きと云うより、只の故買屋だとか……」

　辰五郎は笑った。

「そうか。ま、麟太郎さんの云う通りだとしたら、遊び人の伊吉は、彦六の家に忍び込んで何かを探した、か……」

「ええ。その探した物が奥医師の桂木宗春さまが騙し取られた織部の茶碗かもしれませんね……」

　辰五郎は睨んだ。

「うむ。で、伊吉が麟太郎さんに捕らえられ、そいつを吐かされるのを恐れ、旗本の坂上精一郎が口を封じた……」

　梶原は読んだ。

「かもしれませんね」

　辰五郎は頷いた。

「坂上精一郎か……」

「旦那……」

「よし。坂上精一郎、どんな奴かちょいと調べてみる」

「じゃあ、あっしは目利きの彦六を……」

「うむ……」

　梶原は頷いた。


　蕎麦屋は混んでいた。

　麟太郎と亀吉は隅に座り、天麩羅や板山葵で酒を飲んでいた。

「へえ。絵草紙がお蔦の旦那に好評で、落し物を拾ったお礼を貰い、一晩不寝の番をして給金を弾んで貰いましたか……」

　亀吉は、麟太郎の機嫌の良さの理由を知った。

「うん。彦六さんを助けて以来、いろいろ良い事が続いてね」

　麟太郎は、嬉しげに酒を飲んだ。

「へえ、彦六さん、まるで福の神ですね」

　亀吉は苦笑した。

「そうなんだよ、亀さん。福の神なんだよ」

　麟太郎は、大真面目な顔で頷いた。

「福の神ねえ……」

　亀吉は、首を捻った。

「うん。で、亀さん、斬り殺された遊び人の伊吉、何をしたんだい……」

「えっ……」

「梶原さん、伊吉が只の遊び人だとは思っちゃあいないようだ」

　麟太郎は、亀吉に笑い掛けた。

「実はね、麟太郎さん。桂木宗春って奥医師が織部の茶碗ってのを騙し取られましてね」

　亀吉は、声を潜めた。

「織部の茶碗……」

麟太郎は眉をひそめた。

〝織部〟とは、千利休の高弟で茶道織部流の祖であり、徳川家の茶道師範と称された武将の古田織部の事である。〝織部の茶碗〟とは、その古田織部の作った茶碗であり、一つが何百両もの高値で取引きされていた。

「ええ。その奥医師の桂木宗春さまから御奉行さまが内密に探索してくれと頼まれたそうですぜ」

「で、その織部の茶碗を騙し取った騙り一味に遊び人の伊吉が拘わっていたんですか……」

麟太郎は読んだ。

「ええ。殺された伊吉の身辺を洗った処、好事家や茶の宗匠に逢い、それとなく織部の茶碗の事を云っていましてね」

「成る程。で、梶原の旦那は、伊吉は騙りの一味と拘わりあると睨みましたか……」

「ええ……」

「じゃあ、伊吉が彦六さんの家を荒したのも、旗本の坂上精一郎に無礼討ちにされたのも拘わりがあると……」

麟太郎は眉をひそめた。

「まあ、そんな処ですか……」

亀吉は頷いた。

麟太郎は、梶原と辰五郎たちの睨みと動きを知った。

不忍池の畔、茅町二丁目の彦六の家には誰もいなかった。

彦六は出掛けているのか……。

辰五郎は、彦六の家の狭い庭に廻った。

家は雨戸が閉められ、人のいる気配はなかった。

彦六は、騙りの一味と敵対しており、危険を察知して姿を隠したのかもしれない。

辰五郎は読んだ。

そうだとすれば、事は面倒だ……。

辰五郎は眉をひそめた。


坂上精一郎は、二百石取りの旗本で小日向(こひなた)に屋敷があった。

梶原八兵衛は、南町奉行内与力(うちよりき)の正木平九郎(まさきへいくろう)の用部屋を訪れた。

「旗本の坂上精一郎か……」

「はい。騙り一味と何らかの拘わりがあると思われます」

「うむ。して、奥医師の桂木宗春さまを騙した香月京庵なる茶の宗匠はどうした」

平九郎は眉をひそめた。

「未だ……」

「姿を消したままか……」

「はい。ひょっとしたら我ら町奉行所の手の届かぬ処に潜んでいるのかも……」

「我らの手の届かぬ処か……」

平九郎は読んだ。

「はい……」

梶原は、厳しい面持ちで頷いた。

「よし。御奉行には私から報告して置く。坂上精一郎を秘かに洗ってみるのだな」

「心得ました。それから、正木さま……」

「何だ……」

「青山麟太郎さんが……」

「麟太郎どのが拘わっているのか……」

平九郎は、戸惑いを浮かべた。

「未だはっきりはしませんが、今のままでは拘わる事になるかも……」

梶原は苦笑した。

「分かった。そいつも御奉行に御報せしておこう」

平九郎は頷いた。


福の神の彦六は、織部の茶碗の騙り事件に拘わりがあるのか……。

麟太郎は、亀吉と共に茅町二丁目の彦六の家に向かった。

「彦六さん、私だ青山麟太郎だ……」

麟太郎は、格子戸を叩いた。

だが、家の中から彦六の返事はなかった。

「出掛けているのかな……」

「庭に廻ってみましょう」

「うん……」

麟太郎と亀吉は、狭い庭に廻った。

居間と座敷は雨戸が閉められていた。

「やっぱり、留守のようですね」

亀吉は見定めた。

「ええ……」

麟太郎は頷いた。

彦六は何処に行ったのか……。

伊吉や坂上精一郎が動いていると知り、身の危険を覚えて姿を隠したのかもしれない。

福の神が消えた……。

麟太郎は、戸惑いと落胆、そして何故か焦(あせ)りを覚えた。

不忍池に夕陽が映えた。

三

閻魔堂は闇に包まれていた。

麟太郎は、亀吉と別れて閻魔長屋に戻って来た。そして、閻魔堂に手を合わせて閻魔長屋の木戸を潜り、立ち止まった。

閻魔長屋の麟太郎の家には、明かりが灯(とも)されていた。

何故だ……。
麟太郎は困惑した。
誰かがいる……。
麟太郎は睨んだ。
誰かが、麟太郎の留守中に上がりこんでいるのだ。
誰だ……。
麟太郎は、家の中を窺った。
敵対している者なら、明かりを灯さず、暗闇に潜んで待ち伏せしている筈だ。
明かりを灯しているのは、敵対していない者の証だ。
麟太郎は読んだ。
家から美味そうな味噌汁の香りがした。
味噌汁の香り……。
お蔦が、晩飯の仕度をしに来てくれているのかもしれない。
麟太郎は、腰高障子を開けた。
「やあ。お帰りなさい……」
目利きの彦六が味噌汁を作っていた。

「彦六さん……」

麟太郎は驚いた。

「不忍池は、何となく落ち着かなくて、二、三日厄介になろうかと思いましてね」

彦六は、親しげな笑みを浮かべた。

「そうですか。構いませんよ」

福の神が舞い戻って来た……。

麟太郎は、湧き上がる喜びを押し隠して笑った。

「さあ。晩飯の仕度が出来ていますよ」

彦六は、大きな板の上に並べられた野菜の煮染や鰺の干物などを示した。

「へえ。彦六さんが作ったのか……」

麟太郎は感心した。

「此くらいどうって事もありません。酒も買ってありますよ」

彦六は苦笑した。

「そいつは良い……」

麟太郎は、料理の並んでいる部屋に上がった。

福の神の彦六は、何故に戻って来たのだ。

斬られた遊び人の伊吉、斬った旗本の坂上精一郎と拘わりがあるのだ。

そして、奥医師桂木宗春が織部の茶碗を騙し取られた一件に繋がっている。

麟太郎は、酒を飲みながら彦六の腹の内を読もうとした。

「さあ……」

麟太郎は、彦六に酌をした。

「畏れ入ります……」

彦六は、麟太郎と楽しそうに酒を飲んだ。

燭台の火は揺れた。


格子窓の障子には、月明かりが蒼白く映えていた。

彦六は、軽い鼾を搔いて寝ていた。

麟太郎は、彦六に背を向けて軽い鼾の拍子を窺った。

彦六の軽い鼾に拍子の乱れはない。

麟太郎は、寝ている彦六の様子を窺った。

僅かな刻が過ぎた。

麟太郎は、微かな気配の動きに眼を覚ました。

つい眠ってしまっていた……。
麟太郎は、慌てて彦六の軽い鼾を探した。
だが、彦六の軽い鼾はなく、気配も消えていた。
麟太郎は、寝返りを打って彦六のいないのに気が付いた。
何処に行った……。
麟太郎は起き、音も立てずに外に出た。
閻魔長屋は寝静まっていた。
彦六の姿は見えない。
麟太郎は、木戸を出て閻魔堂を窺った。

閻魔堂の前には誰もいなかった。
いない……。
麟太郎は戸惑った。
彦六は、何処に行ったのか……。
麟太郎は、閻魔堂の周囲を見廻した。
閻魔堂の中から物音がした。

麟太郎は、素早く木戸に隠れて閻魔堂を見守った。

閻魔堂の中から彦六が現れ、格子戸を閉めて手を合わせた。

麟太郎は、素早く家に戻った。

彦六は、閻魔堂に手を合わせ終えて閻魔長屋に戻った。


麟太郎は、横を向いて寝息を立てていた。

彦六は、麟太郎が寝ているのを見定め、横になって軽い鼾を搔き始めた。

彦六は閻魔堂で何をしていたのか……。

麟太郎は、想いを巡らせた。

何れにしろ、彦六は不忍池の畔の家が落ち着かなくて来たのではなく、閻魔堂に秘かな用があって麟太郎の家に来たのだ。

初めて逢った時、彦六は閻魔堂の中に倒れていた。

閻魔堂に何かがあるのだ……。

麟太郎は読んだ。

彦六は、鼾を搔き始めた。

閻魔堂に行く前の軽いものとは違い、煩い程の鼾だった。

狸寝入り(たぬき)かどうか、分かり易い奴だ……。

麟太郎は苦笑した。


翌日、麟太郎は出掛ける事にした。

「今日は早いんですね」

彦六は眉をひそめた。

「ええ。次に書く絵草紙の事でちょいと用がありましてね。じゃあ……」

麟太郎は、出掛けて行った。

「お気を付けて……」

彦六は見送った。


麟太郎は、閻魔堂に手を合わせて格子戸を開けた。

閻魔堂の中は薄暗く、閻魔王の座像が眼を剝(む)き、赤い口を開けていた。

昨夜、彦六は此処で何をしていたのか……。

麟太郎は、閻魔堂の中に入った。

閻魔王の座像の前に茶碗に入った水や供物があるだけで、他には何もなかった。

別に変った様子はない……。

「麟太郎さん……」

麟太郎は、閻魔堂を出た。

「やあ、亀さん、丁度良かった……」

亀吉が来ていた。

麟太郎は笑い掛けた。

「えっ……」

亀吉は、戸惑いを浮かべた。


江戸川は旗本屋敷街を流れ、船河原橋を潜って神田川と合流する。

梶原八兵衛と辰五郎は、江戸川に架かっている立慶橋の袂に佇み、旗本の坂上屋敷を眺めた。

「坂上精一郎は二百石取りの旗本で、両親は既に亡く、飯炊き婆さんと若い下男の三人暮らしだそうだ」

梶原は、坂上屋敷を見ながら告げた。

「飯炊き婆さんと若い下男ですか……」

「うむ……」

「近所の御屋敷の奉公人にそれとなく聞き込んだのですが、坂上精一郎、余り評判は良くありませんね」

坂上精一郎は、一人息子として両親に溺愛(できあい)され、若い頃から悪い仲間と、飲む打つ買うに励んでいた。そして、両親が亡くなってからは、得体の知れぬ者たちが屋敷に出入りするようになっていた。

「得体の知れぬ者たちか……」

梶原は眉をひそめた。

「ええ。その中には遊び人の伊吉もいたようですよ」

「伊吉もか……」

「はい……」

「となると、やはり麟太郎さんに捕まり、白状させられるのを恐れての口封じか……」

梶原は読んだ。

「きっと……」

辰五郎は頷いた。

坂上屋敷の潜り戸が開いた。

梶原と辰五郎は、素早く物陰に隠れた。

二人の浪人が、坂上屋敷の潜り戸から出て来て江戸川に架かっている立慶橋を渡った。そして、水戸藩江戸上屋敷の前を通る道を進み、神田川に向かった。

「旦那……」

「うむ……」

梶原と辰五郎は、二人の浪人を尾行た。

江戸川の流れは煌めいた。

閻魔堂に手を合わせる者は少なかった。

麟太郎と亀吉は、閻魔堂を見張った。

「動きますかね、彦六さん……」

亀吉は、物陰から閻魔長屋を眺めた。

「きっと……」

麟太郎は頷いた。

「それにしても彦六さん、夜中に閻魔堂の中で何をしていたんでしょうね」

亀吉は眉をひそめた。

「私の処に泊まり込んででも見届けたい何かがあったんでしょうね」

「でも、閻魔堂の中にいつもと違う妙な事はなかったんですね」

亀吉は念を押した。

「ええ。私の見た限りでは……」

麟太郎より、元浜町の閻魔堂を詳しく知る者は他にいない。

「そうですか……」

亀吉は、閻魔長屋を眺めた。

閻魔長屋の木戸から彦六が出て来た。

麟太郎と亀吉は、物陰に隠れて彦六を見守った。

彦六は、閻魔堂に手を合わせ、格子戸からちらりと中を窺った。そして、足早に閻魔堂を離れた。

「じゃあ、あっしが先に追います」

亀吉は、裏通りを人形町(にんぎょうちょう)に向かう彦六を尾行た。

麟太郎は、亀吉に続いた。

不忍池の畔に木洩れ日は揺れた。

二人の浪人は、茅町二丁目にある彦六の家を窺った。

家には誰もいないようだった。

二人の浪人は、狭い庭に廻ったりしていた。

梶原八兵衛と辰五郎は見守った。

「彦六、昨日から出掛けたままのようだな」

梶原は睨んだ。

「ええ……」

辰五郎は頷いた。

「浪人共、坂上精一郎に云われて此処に来たのだろうが、彦六に何の用なのかな……」

梶原は眉をひそめた。

二人の浪人は、彦六がいないと見定めたのか家から離れた。

「さあて、此からどうするのか……」

辰五郎は、二人の浪人を追った。

「うむ……」

梶原は続いた。

日本橋通りは賑わっていた。

彦六は、人形町から東西の堀留川の傍を抜けて日本橋の通りに出た。

亀吉と麟太郎は尾行た。

彦六は、日本橋川に架かっている日本橋を渡り、南の京橋に進んだ。

何処に行く……。

麟太郎は、人混みの中を彦六を尾行る亀吉を追った。

彦六は、京橋川に架かっている京橋を渡り、新両替町四丁目の辻を東に曲がり、三十間堀に架かっている新シ橋を渡った。

亀吉と麟太郎は追った。

彦六は、采女ヶ原馬場の傍を抜けて堀割を渡り、西本願寺傍の屋敷を訪れた。

亀吉は見届けた。

「亀吉さん……」

麟太郎は、物陰にいる亀吉に駆け寄った。

「あの屋敷に入りましたよ」

亀吉は、彦六の入った屋敷を示した。

「誰の屋敷ですかね……」

麟太郎は、彦六の入った屋敷を眺めた。

「ちょいと待って下さい……」

亀吉は、斜向いの旗本屋敷の門前の掃除をしている小者の許に走った。

麟太郎は、出入りする者もいない静かな屋敷を見詰めた。

「麟太郎さん……」

亀吉が麟太郎の許に戻って来た。

「分かりましたか……」

「ええ。奥医師の桂木宗春さまの御屋敷でしたよ」

「奥医師の桂木宗春……」

「ええ。織部の茶碗を騙し取られた奥医師ですよ」

麟太郎は眉をひそめた。

亀吉は告げた。

「彦六さん、その奥医師の桂木宗春に何の用で来たのか……」

麟太郎は、怪訝な面持ちで奥医師の桂木屋敷を見詰めた。

僅かな刻が過ぎた。

桂木屋敷から彦六が出て来た。

麟太郎と亀吉は、物陰から見守った。

彦六は、薄笑いを浮かべて桂木屋敷を振り返り、軽い足取りで来た道を戻り始めた。

「何だか知りませんが、御機嫌ですね」

亀吉は苦笑した。

「ええ。きっと何かが上手くいっているのでしょう」

麟太郎は読んだ。

「じゃあ、追いますか……」

亀吉と麟太郎は、軽い足取りで行く彦六を追った。

湯島天神男坂の下の飲み屋は、昼間から仕事に溢れた人足や博奕打ちたちが安酒を楽しんでいた。

二人の浪人は、飲み屋の隅で酒を飲んでいた。

飲み屋で刻を過ごし、再び彦六の家に行くつもりなのだ。

梶原と辰五郎は睨んだ。

「坂上精一郎に何としてでも彦六を連れて来いと命じられているのだろう」

梶原は読んだ。

「それだけ彦六に拘るのは、どうしてですかね……」

「さあな。おそらく、奥医師の桂木宗春から騙し取った織部の茶碗に拘りがあるのだろうが……」

梶原は睨んだ。

「織部の茶碗ですか……」

辰五郎は眉をひそめた。

男坂の下の飲み屋は賑わい、陽は西に大きく傾き始めた。

彦六は、晩飯の買い物をして元浜町の閻魔長屋に向かった。

亀吉と麟太郎は尾行た。

彦六は、閻魔堂に手を合わせて閻魔長屋の木戸を潜り、麟太郎の家に入った。

亀吉と麟太郎は見届けた。

「今日はもう動かないでしょうね」

亀吉は読んだ。

「ええ……」

「じゃあ、あっしは親分の処に行きます」

「連雀町の親分、何処ですか……」

「きっと、彦六の家だと思います」

「じゃあ、私も行きます」

麟太郎は、亀吉と一緒に不忍池の畔、茅町二丁目の彦六の家に向かった。


夕陽は沈み、不忍池は大禍時(おおまがとき)に覆われた。

二人の浪人は、湯島天神男坂の下の飲み屋を出て不忍池に向かった。

梶原と辰五郎は尾行た。

二人の浪人は、不忍池の畔を彦六の家に進んだ。


彦六の家は暗かった。

麟太郎と亀吉は、暗い家の周りに不審な者がいないと見定め、狭い庭に入った。

彦六の家は雨戸が閉められ、人の気配はなかった。

「誰もいませんね……」

「ええ……」

「うちの親分もいないようです。どうします」

亀吉は、麟太郎の出方を窺った。

「暫く張り込んでみます」

麟太郎は告げた。

「じゃあ、付き合いますよ」

亀吉は笑った。

「亀さん……」

麟太郎は緊張を滲ませた。

男の声と足音が近付いて来た。

麟太郎と亀吉は、暗がりに潜んで家の表を見据えた。

二人の浪人が、暗い家の様子を窺いながら狭い庭に入って来た。

麟太郎と亀吉は、家の様子を窺う二人の浪人に背後から襲い掛かった。

二人の浪人は驚き、慌てた。

麟太郎と亀吉は、二人の浪人を叩きのめして捕らえようとした。
亀吉が、十手(じって)で浪人の一人を打ちのめした。
浪人は倒れた。
亀吉は、素早く押さえ込んで捕り縄を打った。
麟太郎は。残る浪人に摑(つか)み掛かった。
残る浪人が刀を振り廻し、外に逃げ出した。
「おのれ、待て……」
麟太郎は追った。
逃げた浪人が、突き飛ばされて戻って来た。
麟太郎は、驚きながらも飛び掛かった。そして、刀を奪い、鋭い投げを打った。
残る浪人は、地面に激しく叩き付けられて気を失った。
「捕り押さえたか……」
梶原が苦笑し、辰五郎と一緒に現れた。
「梶原の旦那、連雀町の親分……」
麟太郎は笑った。
二人の浪人は捕り押さえられた。

「親分。何ですか、此奴ら……」

亀吉は、辰五郎に訊いた。

「坂上精一郎に命じられて彦六を捕まえに来たようだ……」

辰五郎は笑った。

「何故、彦六を捕らえようってんだ」

梶原は、亀吉の捕らえた浪人を見据えた。

「彦六の野郎が騙し取った茶碗を持ち逃げしたからだ」

浪人は吐き棄てた。

「騙し取った茶碗を持ち逃げ……」

麟太郎は、坂上精一郎たちが奥医師桂木宗春から騙し取った織部の茶碗を、彦六が持ち逃げしたのを知った。

そして、彦六も騙りの一味だった事も……。

四

目利きの彦六は、騙し取った織部の茶碗を持ち逃げして坂上精一郎たちに追われていた。

梶原八兵衛は、辰五郎と亀吉に二人の浪人を大番屋に引き立てさせた。

「それにしても彦六、織部の茶碗を持って何処に隠れているのか……」

梶原は眉をひそめた。

「梶原の旦那、目利きの彦六は私の処にいますよ」

麟太郎は報せた。

「なに、麟太郎さんの処に……」

梶原は、戸惑いを浮かべた。

「ええ。泥棒に入られた家は落ち着かないと、閻魔長屋の私の家に……」

「そうか。麟太郎さんの家に隠れていたか……」

梶原は苦笑した。

「はい。ですが、持ち逃げした織部の茶碗らしき物、彦六は持っていませんよ」

麟太郎は告げた。

「持っていない……」

梶原は眉をひそめた。

「ええ……」

「何処かに隠したか……」

「きっと。それから梶原の旦那、昼間、彦六は築地の奥医師桂木宗春の屋敷に行きましたよ」

麟太郎は報せた。

「桂木宗春の屋敷に……」

「ええ。果たして何の用で行ったのか……」

麟太郎は眉をひそめた。

「その辺りを見定めなければならないか……」

「はい……」

麟太郎は頷いた。

「よし。ならば、もう暫く彦六を泳がしてみるか……」

「はい。そいつが良いかと……」

「じゃあ、彦六を頼む。俺は旗本の坂上精一郎を見張る」

梶原は決めた。

「心得た……」

麟太郎は頷いた。

閻魔長屋の麟太郎の家には、明かりが灯されていた。

麟太郎は、閻魔堂に手を合わせて閻魔長屋の家に帰った。

「やあ……」

「お帰りなさい。遅かったですね」

彦六は、笑顔で迎えた。

「うん。ちょいと知り合いに逢ってな。おっ、今夜も御馳走だな」

麟太郎は、板の上に並べられた料理を眺め、涎(よだれ)を垂らさんばかりの笑みを浮かべた。

「じゃあ、味噌汁を温めます。酒を飲んでいて下さい」

彦六は、味噌汁の鍋を持って竈に立った。

「うん……」

麟太郎は、湯飲茶碗に酒を注いで飲みながら狭い部屋を見廻した。

狭い部屋に、彦六の物は着替えの入った風呂敷包みが一つだ。

勿論(もちろん)、奥医師桂木宗春から騙し取った織部の茶碗らしき物はない。

麟太郎は見定めた。

「味噌汁、温まりましたぜ」

彦六は、湯気の昇る味噌汁の鍋を持って来た。

「うん。ま、飲もう……」

麟太郎は、彦六の湯呑茶碗に酒を注いだ。

「此奴はどうも……」

彦六は、湯呑茶碗に注がれた酒を飲んだ。

「ああ。美味い……」

「で、今日は何をしていたんだ……」

麟太郎は、彦六に探りを入れた。

「ええ。浜町堀沿いを歩き、川口橋で大川（おおかわ）の三ツ俣（みまた）や江戸湊（みなと）を眺めましたよ」

彦六は酒を飲んだ。

「それにしても退屈だったろう」

彦六は、築地の奥医師桂木宗春の屋敷に行った事を云わなかった。

「いいえ。それ程でも……」

彦六は苦笑した。

「それなら良いが……」

「でも、明日はちょいと出掛けようと思っていますよ」

彦六は告げた。

「そうか……」

麟太郎は酒を飲んだ。


「お呼びですか……」

梶原八兵衛は、内与力の正木平九郎に呼ばれ、根岸肥前守(ねぎしひぜんのかみ)の役宅を訪れた。

「うむ。入るが良い……」

平九郎は、梶原を肥前守のいる座敷に招いた。

「はっ……」

梶原は、肥前守の前に進み出た。

「梶原、夕刻、奥医師桂木宗春さまの御用人が、目利きの彦六なる者が騙し取られた織部の茶碗が見付かったと云って来たと、御奉行に報せに参った」

正木は、厳しい面持ちで告げた。

「やはり、彦六が……」

梶原は頷いた。

「知っていたか……」

肥前守は頷いた。

「は、はい。で、彦六は桂木さまに何と……」

「うむ。騙し取られた織部の茶碗、二十五両で買い戻せるとな……」

肥前守は苦笑した。

「二十五両で買い戻せる……」

梶原は眉をひそめた。

「そうだ。して梶原、彦六なる者、どのような者なのだ」

「はい。彦六は騙りの一味から織部の茶碗を持ち逃げしたとして追われ、今は姿を隠しております」

「姿を隠している……」

肥前守は眉をひそめた。

「勿論、我らは何処に潜んでいるか知っておりますが……」

「何処にいるのだ……」

「そいつが、元浜町の閻魔長屋に……」

「元浜町の閻魔長屋だと……」

平九郎は眉をひそめた。

「麟太郎の処か……」

肥前守は読んだ。

「はい。左様にございます」

梶原は頷いた。

「梶原、麟太郎どのと彦六とはどんな拘わりなのだ……」

平九郎は、梶原を見据えた。

「それが、私にも良く分かりません……」

梶原は首を捻った。

「良く分からない。御奉行……」

「ま、麟太郎の事だ。心配はあるまい……」

肥前守は苦笑した。

「それはもう。して御奉行、桂木さまは織部の茶碗を二十五両で買い戻すおつもりなんでしょうか……」

「うむ。彦六は明日、返事を聞きに再び桂木屋敷を訪れるそうだ。儂は買い取ると返事をした方が良いとな……」

「左様にございますか。此度の騙り、旗本の坂上精一郎と茶の宗匠の香月京庵が企み、彦六や伊吉なる遊び人たちと仕組んだ事ですが、どうにもはっきりしないのは織部の茶碗の行方……」

梶原は告げた。

「それ故、彦六を泳がすか……」

肥前守は読んだ。

「はい……」

「うむ。良く分かった。麟太郎に呉々(くれぐれ)も油断致すなとな……」

肥前守は苦笑した。

水飛沫(みずしぶき)は朝陽に煌めいた。

麟太郎は、井戸端で顔を洗って水を被(かぶ)った。

水は麟太郎の筋肉質の身体に弾け、水飛沫となって煌めいた。

麟太郎は、濡れた身体を拭って木戸の外の閻魔堂に向かった。

閻魔堂に参拝者はいなかった。

麟太郎は、手を合わせて祈り、格子戸の中を覗いた。

閻魔堂の中には、閻魔王の座像があり、水の入った茶碗と供物が供えられていた。

変った事はない……。

麟太郎は見定めた。

「麟太郎さん……」

亀吉が現れた。

「やあ。彦六、今日も出掛けるそうだ」

麟太郎は囁いた。

「梶原の旦那の話じゃあ、彦六、桂木宗春さまの処に織部の茶碗を売り込みに行き、今日、買うか買わぬか訊きに訪れるそうですぜ」

亀吉は報せた。

「ならば出掛ける先は、桂木屋敷か……」

麟太郎は小さく笑った。

「きっと。それから、呉々も油断するなと御奉行さまからの伝言だそうですぜ」

亀吉は、怪訝な面持ちで告げた。

「御奉行さまの伝言……」

麟太郎は眉をひそめた。
「じゃあ、行って来ます」
彦六は、麟太郎に声を掛けて三和土に下り、腰高障子を開けた。
「おう。気を付けてな……」
麟太郎は、軽い足取りで出掛けて行く彦六を見送った。
閻魔長屋から出て来た彦六は、閻魔堂に手を合わせた。
亀吉は、物陰から見張った。
彦六は、格子戸から閻魔堂の中を覗き、楽しげな笑みを浮かべた。
麟太郎は、閻魔長屋の木戸の陰から見守った。
彦六は、閻魔堂から離れて裏通りを人形町に向かった。
亀吉は追った。
麟太郎は見送り、閻魔堂を見た。
彦六は、閻魔堂を覗いて楽しそうに笑った。
何故だ……。

麟太郎は、閻魔堂を覗いた。
閻魔堂の中には、閻魔王の座像と水の入った茶碗と供物があるだけだ。
水の入った茶碗……。
麟太郎は、格子戸を開けて閻魔堂に入った。
「此か……」
麟太郎は、閻魔王の座像の前に供えられた水の入った古い薄汚れた茶碗を手に取った。
水が零れた。
麟太郎は、濡れた古茶碗を擦った。
古茶碗の黒い汚れが取れ、緑色の地肌が現れた。
やはり……。
麟太郎は、緑色の地肌の古茶碗を見詰めた。
彦六は、緑色の織部の茶碗を黒く汚して閻魔王の水入れにして隠していたのだ。
此の古茶碗が、奥医師桂木宗春の騙し取られた織部の茶碗なのだ。
麟太郎は、織部の茶碗を見付けた。

織部の茶碗は、緑色の地肌を鈍く輝かせていた。

南町奉行所は多くの人が出入りしていた。

麟太郎は、臨時廻り同心の梶原八兵衛を訪れ、織部の茶碗が見付かったと告げた。

「本物ですか……」

梶原は、緑色の古茶碗を見詰めた。

「だと思いますので、目利きをお願いします」

麟太郎は頼んだ。

「心得た……」

梶原は、緑色の茶碗を持って骨董や古美術に造詣（ぞうけい）の深い老練な与力の許に急いだ。

麟太郎は見送った。

此で福の神は貧乏神になるかもしれない……。

麟太郎は溜息（ためいき）を吐いた。

緑色の地肌が鈍く輝く古茶碗は、麟太郎の睨みの通り本物の織部の茶碗だった。

梶原は、麟太郎を伴って肥前守の役宅に向かった。

座敷では、肥前守が緑色の古茶碗を眺め、内与力の正木平九郎が控えていた。

「梶原八兵衛、青山麟太郎どのと参上致しました……」

梶原と麟太郎は控えた。

「青山麟太郎どの、持参された古茶碗、間違いなく織部の茶碗。御苦労でした」

正木平九郎は、麟太郎を労った。

「いえ。何日も前からあったのに気が付かず、漸く。迂闊でした」

麟太郎は、己の至らなさを悔やんだ。

「そうか、迂闊だったか……」

肥前守は苦笑した。

「はい。迂闊でした……」

麟太郎は悔やんだ。

「まあ、良い。何れにしろ桂木宗春どのが騙し取られた織部の茶碗を取り戻した今、最早、容赦は無用だ。平九郎、目付に報せて旗本坂上精一郎を捕らえさせろ」

「はっ……」

「梶原、彦六なる者を捕らえ、騙り一味と企みの何もかもを吐かせるのだ」

肥前守は命じた。

「心得ました。では此にて……」

梶原は座敷を出た。

「じゃあ、私も。御免……」

麟太郎は、慌てて肥前守に一礼して梶原に続いた。

「相変わらず、忙しい奴だ……」

肥前守は苦笑した。


築地、西本願寺からは荘厳な読経が響いていた。

奥医師桂木宗春の屋敷は表門を閉めていた。

梶原八兵衛は、辰五郎や麟太郎と共にやって来た。

「梶原の旦那、親分……」

亀吉が現れた。

「亀吉、彦六は未だ桂木屋敷か……」

梶原は訊いた。

「はい……」

「麟太郎さんが織部の茶碗を見付けたぜ」

辰五郎が報せた。

「麟太郎さんが……」

「織部の茶碗、閻魔さまの水入れ茶碗になっていたよ」

麟太郎は苦笑した。

「閻魔さまの水入れ茶碗……」

亀吉は驚いた。

「うん……」

麟太郎は頷いた。

「で、彦六をお縄にするが、麟太郎さんは引っ込んでいた方がいいかもな……」

梶原は苦笑した。

「ええ。そうさせて貰います」

麟太郎は、淋しげな笑みを浮かべた。

僅かな刻が過ぎた。

彦六が、桂木屋敷の潜り戸から出て来た。

梶原が彦六の前に進み、辰五郎と亀吉が背後に廻った。

「やあ、目利きの彦六だね……」

梶原は、彦六に笑い掛けた。

「は、はい……」

彦六は、緊張に頬を引き攣らせた。

「織部の茶碗を騙し取った一味の者としてお縄にするよ」

「お、お役人さま、手前は織部の茶碗など……」

彦六は焦った。

「彦六、元浜町の閻魔さまの水入れ茶碗、もう見付けたよ」

「えっ……」

彦六は、驚いて立ち竦んだ。

「ま、大番屋で仔細を聞かせて貰おうか……」

梶原は、立ち尽くす彦六に冷たく告げた。

「さあ……」

辰五郎と亀吉は、彦六を促した。

彦六は項垂れ、重い足取りで引き立てられた。

麟太郎は、物陰から見送った。

引き立てられて行く彦六には、既に福の神の面影はなかった。

福の神が消えて行く……。

　麟太郎は、何故か淋しさを覚えた。

　旗本坂上精一郎と坂上屋敷に隠れていた茶の宗匠の香月京庵は、目付たちによって捕縛された。

　彦六は、梶原の厳しい詮議に騙りの手口を白状した。

「そうですか、彦六、白状しましたか……」

「ええ。そして、坂上たちを裏切って織部の茶碗を持ち逃げし、桂木さまに二十五両で買い戻させようとしたと……」

　亀吉は告げた。

「睨みの通りですか……」

「ええ。ですが彦六、ひとつだけ云わない事があるんですよ」

「へえ、何ですか……」

「隠れていたのは知り合いの処だと云うばかりで、場所も泊めてくれていた者の名も云わないいんですよ……」

「じゃあ、閻魔長屋や俺の事も……」

麟太郎は眉をひそめた。

「ええ、一言も……」

「そうですか……」

彦六は、麟太郎に迷惑を掛けないように必死なのだ。

麟太郎は知った。

「彦六、麟太郎さんを只の売れない戯作者と思っているようですよ」

「亀さん、そいつは本当です」

麟太郎は苦笑した。

「彦六、根は良い奴ですか……」

「ま、私にとっては福の神ですからね」

「福の神ねえ……」

「ええ……」

「そう云えば、奥医師の桂木宗春さまが、織部の茶碗が無事に戻ったと、御奉行さまに礼金を持って来ましてね……」

「へえ、礼金ですか……」

「で、御奉行さまが皆で分けるが良いと、梶原の旦那に下げ渡されましてね。此が麟太郎さんの取り分です」

　亀吉は、麟太郎に紙包みを渡した。

「へえ、私の分もあるんですか……」

「そりゃあ、もう……」

「そいつは嬉しいな……」

　麟太郎は、紙包みを開けた。

　二両二分の金が入っていた。

「二両二分……」

「ええ。梶原の旦那が十両の礼金を辰五郎の親分と四人で分けたそうです」

「そうですか。じゃあ、ありがたく……」

　麟太郎は、二両二分を懐に入れた。

「麟太郎さん、目利きの彦六、やっぱり福の神かもしれませんね」

　亀吉は苦笑した。

「ええ。間違いありません。彦六はやっぱり私の福の神ですよ」

　麟太郎は、彦六に想いを馳せた。

　福の神の彦六は、小さな笑みを残して消えていった。

第四話　御隠居

一

地本問屋『蔦屋』の女主お蔦は、読み終えた絵草紙の原稿を麟太郎に返した。

「何だか、もうひとつね……」

「そうか、もうひとつか……」

麟太郎は、肩を落して原稿を引き取った。

「ええ。麟太郎さん、原稿料、半分、前払いしましょうか……」

お蔦は心配した。

「大丈夫だ。此の前、前借りした金が未だ残っている……」

麟太郎は苦笑した。

浜町堀の柳並木は、吹き抜ける微風に緑の枝葉を揺らしていた。

通油町の地本問屋『蔦屋』を出た麟太郎は、浜町堀の堀端を重い足取りで進み、汐見橋で立ち止まった。そして、汐見橋の欄干に寄り掛かり、浜町堀の流れを眺めて吐息を洩らした。

浜町堀の流れは緩やかであり、笹舟がゆっくりと流れて行った。

麟太郎は呟いた。

「もうひとつか……」

既に三度も書き直した話であり、四度目は無駄な作業なのかもしれない。

此の話はもう止めて、新しい話を考えるべきなのだ。

それしかないか……。

麟太郎は、懐の原稿に対する未練を断ち切り、新たな話を考える事に決めた。

それにしても……。

麟太郎は、巾着を出して中を覗いた。

巾着の中には、数枚の文銭が入っているだけだった。

見栄と意地を張らず、お蔦の好意に甘えるべきだったのかもしれない。

麟太郎は、僅かに悔やんだ。

だが、前借り続きであり、いつ迄も甘えている訳にもいかないのだ。

何れにしろ、己の至らなさが招いた事なのだ。

悪いのは俺だ……。

麟太郎は、己に厳しく云い聞かせた。

腹が微かに鳴った。

閻魔長屋はおかみさんたちのお喋りの時も終わり、静けさに満ち溢れていた。

麟太郎は、閻魔堂に手を合わせて閻魔長屋の己の家に入った。そして、返された絵草紙の原稿を置き、鍋の中の残り飯に湯を掛けて搔き込んだ。

腹はどうにか落ち着いた。

よし……。

麟太郎は、鍋や茶碗、箸を洗って出掛けた。

両国広小路は見世物小屋や露店が並び、大勢の人々で賑わっていた。

麟太郎は、両国広小路に面した米沢町一丁目の裏通りに進んだ。

口入屋『恵比寿屋』はあった。

「邪魔をする……」

麟太郎は、口入屋『恵比寿屋』を訪れた。

「こりゃあ、麟太郎さん……」

奥の帳場にいた主の米造は、福助のような四角い顔と肥った身体を麟太郎に向けた。

「やあ。旦那……」

麟太郎は、米造のいる帳場に進んだ。

「珍しいですね。どうしました……」

米造は、麟太郎に笑い掛けた。

「うむ。ちょいとね。どうだ、旦那、私に向いた仕事はないかな」

麟太郎は、絵草紙の戯作で食えるようになる迄、口入屋『恵比寿屋』の仕事をした事もあった。

「麟太郎さんに向いた仕事ですか……」

米造は、戸惑いを浮かべた。

「うん。何かないかな……」

麟太郎は、壁に貼られている仕事と給金などの書かれた何十枚もの紙を眺めた。

「ありますよ……」

米造は笑った。

「あるか。どんな仕事だ……」

麟太郎は、身を乗り出した。

「浅草は東 仲町の京屋って呉服屋の御隠居のお守りですよ」

「呉服屋の隠居のお守りか……」

「ええ……」

米造は、帳簿を捲った。

「日給一朱で先ずは五日。如何ですか……」

米造は、麟太郎を見詰めた。

「うん。そうだなあ……」

麟太郎は勿体振った。

「ま、御隠居さんが雇ってくれるかどうかですがね」

米造は苦笑し、勿体振る麟太郎の腹の内を読んだ。

「う、うん。そうだな。ま、取り敢えず、行ってみるかな。うん……」

麟太郎は、慌てて笑った。

浅草広小路は、金龍山浅草寺の参拝客や遊興客で賑わっていた。

麟太郎は、浅草東仲町の呉服屋『京屋』を訪れた。

「米沢町の口入屋恵比寿屋から来た者だが……」

麟太郎は、応対に出た番頭に米造の口利き状を渡した。

「これはこれは、御苦労さまにございます。御隠居さまにお取次ぎ致しますので、少々お待ち下さい」

番頭は、麟太郎に云って奥に入って行った。

麟太郎は、框に腰掛けて呉服屋『京屋』の店内を見廻した。

店内には華やかな着物が飾られ、手代たちが色とりどりの反物を広げて客の相手をしていた。

華やかなものだ……。

麟太郎は感心した。

「お待たせ致しました」

僅かな刻が過ぎ、番頭が戻って来た。

「さあ、どうぞ、お上がり下さい」

「うん……」

麟太郎は、番頭に誘われて店の奥の母屋に向かった。

母屋の座敷は、浅草広小路の賑わいを感じさせない静けさだった。

麟太郎は、出された茶を飲みながら隠居の来るのを待った。

「お待たせしました……」

五十歳半ばのお内儀がやって来た。

「はあ……」

麟太郎は、微かな戸惑いを覚えた。

「私が呉服屋京屋の隠居のさなにございます」

お内儀は、隠居のさなと名乗った。

「えっ……」

隠居を男だと思い込んでいた麟太郎は、呆然とさなを見詰めた。

「もし……」

さなは苦笑した。

「は、はい。此は御無礼致しました。私は浪人の青山麟太郎、口入屋恵比寿屋の米造さんの口利きで参りました」

鱗太郎は我に返り、慌てて名乗った。

「青山鱗太郎さん、剣術の腕はそこそこと米造さんの口利き状に書いてありましたが……」

さなは苦笑し、鱗太郎を見詰めた。

「はい。人並みの修行はしております」

「そうですか。で、いつも米造さんの処の仕事をされているんですか……」

「昔はいつもでしたが、今は時々……」

「じゃあ、いつもは他にお仕事を……」

さなは、鱗太郎に鋭い眼差しを向けた。

「はい……」

鱗太郎は頷いた。

「何をされているんですか……」

「え、ええ。実は私、生業は絵草紙の戯作者でして……」

「あら、絵草紙の戯作者……」

さなは、驚いたように鱗太郎を見詰めた。

「はい。ですが、時々、上手く書けなくなり、米造さんの処の仕事を……」

「じゃあ、今が絵草紙が上手く書けなくなった時なのですか……」

「えっ、ええ……」

鱗太郎は、苦笑して肩を落した。

「それなら、いろいろ調べたり、探ったりするのは……」

「はい。絵草紙によっては、そう云う真似をした事もありますが……」

「それは良かった」

さなは微笑んだ。

「御隠居さま……」

鱗太郎は困惑した。

「鱗太郎さん、実は私、昔の知り合いを捜しておりましてね。その手伝いをして戴こうと思っているのです」

「人捜しですか……」

「ええ。引き受けて戴けますね」

「はあ……」

鱗太郎は頷いた。

「じゃあ、一日一朱、取り敢えず五日分……」

さなは、五枚の一朱銀を懐紙に載せて差し出した。

「確かに……」

麟太郎は、五枚の一朱銀を受け取った。

「では、此から出掛けます。仕度をして来ますので、お待ち下さい」

さなは、躊躇(ためら)いなく手早く事を進めた。

「は、はい……」

かなりの商売上手だ……。

麟太郎は、座敷から出て行くさなを見送り、感心した。

「あの……」

羽織を着た若い男が入って来た。

「手前は京屋の主の善次郎(ぜんじろう)にございます」

「あっ。私は青山麟太郎です」

「あの、此の度は母が面倒な事をお願いしまして……」

「いいえ……」

「青山さま、母の申す事が無理なら無理だと、はっきり云ってやって下さい」

善次郎は頼んだ。

「は、はあ……」

「母の願いは叶えてやりたいのですが、何十年も昔の事に無理はさせたくないのです。宜しくお願いします」

善次郎は、麟太郎に深々と頭を下げた。

「分かりました……」

麟太郎は頷いた。

「お待たせしました……」

さなが被布を纏い、お付き女中を従えてやって来た。

「おや、善次郎……」

「おっ母さん、今、青山さまに御挨拶を……」

善次郎は、微かに狼狽えた。

「そうですか。じゃあ、麟太郎さん、参りましょう」

さなは店に向かった。

「は、はい……」

麟太郎は、慌ててさなに続いた。

さなと麟太郎は、善次郎と若お内儀、番頭、お付き女中たちに見送られて呉服屋『京屋』を出た。

さなは、浅草広小路から東本願寺に向かった。

麟太郎は続いた。

「して、御隠居、捜す相手は……」

麟太郎は、さなに尋ねた。

「名前は片平祐馬。歳は三十歳……」

さなは告げた。

「片平祐馬、三十歳……」

「おそらく浪人です……」

「おそらく浪人……」

麟太郎は眉をひそめた。

「ええ。片平家は二十年前迄は御家人だったのですが、当時の主の祐一郎さまが御役目をしくじってお家を取り潰され、浪人になりましてね……」

「で、祐馬なる人は、その片平祐一郎さんの倅なんですか……」

「ええ。今、何処で何をしているのやら……」

「捜す相手は分かりました。して、捜す手掛りは……」

「先ずは、御家人の時の片平屋敷のあった処に……」

さなは、東本願寺から新寺町に進んだ。

麟太郎は続いた。

御徒町か……。

麟太郎は、御家人片平家の屋敷のあった場所を読んだ。

だが、さなは御徒町に立ち寄らず、下谷広小路に進んだ。

御徒町ではない……。

さなは、下谷広小路の雑踏を横切って不忍池の畔に出た。

不忍池は煌めいていた。

古い茶店の〝茶〟と書かれた小さな旗が翻っていた。

「一休みしましょう」

さなは、不忍池の畔の小さな古い茶店に入り、茶を二つ頼んで縁台に腰掛けた。

麟太郎は、辺りを見廻し、縁台に腰掛けた。

さなは、眼を細めて不忍池を眺めていた。

「お待たせ致しました」

茶店の老亭主が、茶を二つ持って来た。

「造作を掛けますね」

さなは、老亭主に礼を云って茶を飲んだ。

麟太郎は続いた。

「変わりませんね。不忍池は……」

さなは、水鳥の遊ぶ不忍池を眺めた。

「不忍池は久し振りなんですか……」

「ええ。死んだ亭主と呉服の行商をしていた頃、毎日お弁当を食べに来ましてね」

「亡くなった御主人と呉服の行商ですか……」

「ええ。それで、漸くお店を持ったら主人が流行病で亡くなって……」

「それから御隠居が一人で京屋を……」

「ええ。善次郎も未だ幼くて大変でしたが、何とか……」

「立派な店にしましたね」

「お陰さまで。で、善次郎も嫁を貰って一人前、京屋を任せて隠居したのですよ」

さなは、長い道のりを懐かしむように不忍池を眺めた。

その横顔には、懐かしさや安堵に混じって微かな哀しみが過ぎった。

麟太郎は眉をひそめた。

「さあ、参りますか……」

さなは、縁台から立ち上がった。

「はい……」

麟太郎は、茶を飲み干してさなに続いた。

さなは、麟太郎を伴って不忍池の畔から榊原屋敷と加賀国金沢藩江戸上屋敷の間の道を進んで本郷通りに出た。そして、本郷通りを横切って御弓町に進んだ。

本郷御弓町には旗本屋敷が連なっていた。

さなは、一軒の屋敷の前で立ち止まり、懐かしそうに眼を細めて眺めた。

「此処ですか、元片平屋敷は……」

麟太郎は、さなと並んで武家屋敷を眺めた。

武家屋敷から赤子の泣き声が聞こえた。

今の住人は、赤子のいる家なのだ。

麟太郎は読み、辺りを見廻した。

斜向いの屋敷の老下男が現れ、表門前の掃除を始めた。

「ちょいと聞き込んでみますか……」

「ええ……」

麟太郎とさなは、掃除をする老下男に近付いた。

「ちょいとお尋ねしますが、あの屋敷に二十年前迄お住まいだった片平さまを御存知ですか……」

麟太郎は、元片平屋敷を示した。

「は、はい。存じておりますが……」

老下男は、戸惑いを浮かべた。

「片平さま、お家を取り潰されてから、どうされたか聞いておりますか……」

麟太郎は尋ねた。

「はい。手前が知っている限りでは、片平さまは浪人され、奥方さまと御嫡男の祐馬さまと御一緒に本所の方に越されたと聞いておりますが……」

老下男は告げた。

「本所ですか……」

「はい……」

「本所の何処に……」

「確か亀戸の方だと……」

老下男は首を捻った。

「亀戸の方、詳しくは分かりませんか……」

「はい……」

「ならば、その後、片平さまに拘わる事を何か聞いたりはしませんでしたか……」

麟太郎は、尚も尋ねた。

「は、はい。確か十年程前ですか、片平さまはお亡くなりになったとの噂が……」

「片平さまが亡くなられた……」

さなは眉をひそめた。

「はい……」

「じゃあ、奥方さまと祐馬さまが残されたのですね」

麟太郎は念を押した。

「きっと……」

「そうですか。御隠居……」

「本所亀戸……」

　さなは、厳しい面持ちで本所の方を眺めた。

「ええ……」

　麟太郎は頷いた。

　陽は大きく西に沈み始めた。

二

　夕暮れ時が近付き、浅草の呉服屋『京屋』は店仕舞いの仕度を始めていた。

「疲れたでしょう」

　麟太郎は、御隠居のさなを労った。

「死んだ亭主と行商をしていた頃に比べるとどうって事はありませんが、疲れました」

　御隠居のさなは苦笑した。

　麟太郎は、御隠居のさなを呉服屋『京屋』に送り、神田連雀町に向かった。

神田連雀町は八ツ小路の傍だ。

下っ引の亀吉は、連雀町の岡っ引辰五郎の家にいた。

麟太郎は、亀吉を近くの居酒屋に誘った。

居酒屋は、日が暮れたばかりだと云うのに客で賑わっていた。

麟太郎は、亀吉と隅に座って酒と肴を注文した。

「どうかしましたか……」

亀吉は笑い掛けた。

「筆が止まりましてね」

麟太郎は苦笑した。

「それはそれは……」

「それで、浅草の京屋って呉服屋の御隠居の人捜しに雇われましたよ」

「人捜し……」

「ええ。二十年前に浪人した片平って御家人の倅を捜す手伝いですよ」

「二十年前に浪人した片平って御家人の倅……」

「ええ……」

「お待たせしました」

居酒屋の若い衆が酒と肴を持って来た。

麟太郎と亀吉は、酒を飲み始めた。

「京屋の御隠居、どうして元御家人の倅を捜しているんですか……」

「さあ、そいつは未だ訊いちゃあいません」

麟太郎は、手酌で酒を飲んだ。

「ひょっとしたら、京屋の御隠居が若い頃に他所の女に産ませた隠し子だったりして……」

亀吉は読んだ。

「処が亀さん、そいつが京屋の御隠居は、さなってお内儀さんなんですよ」

「女……」

亀吉は驚いた。

「ええ……」

「御隠居って女なんですか……」

亀吉は眉をひそめた。

「そうです。もし、亀さんの読みを当て嵌めると、御隠居が秘かに産んだ子供かもしれませんか……」

麟太郎は睨んだ。

「ええ……」

亀吉は酒を飲んだ。

「秘かに産んだ子供か……」

麟太郎は呟き、酒を飲んだ。

居酒屋には、酒を楽しむ客たちの笑い声が満ちた。


呉服屋『京屋』は、奉公人たちが開店の仕度に忙しかった。

麟太郎は、帳場の前の框に腰掛けて隠居のさなが来るのを待っていた。

「どうぞ。御隠居さまは間もなく参ります」

女中は、麟太郎に茶を差し出した。

「忝い。戴きます」

麟太郎は、茶を飲んだ。

温かい茶は、満足な朝飯を食べていない麟太郎の胃の腑に染み渡った。

「ああ。美味い……」

「あの。それから、宜しければどうぞと……」

女中は、盆の上の布巾を取った。

盆の上の皿には、握り飯と香の物があった。

「えっ。私に……」

麟太郎は戸惑った。

「はい。御隠居さまがお持ちしろと……」

「御隠居さまが……」

「はい……」

女中は微笑んだ。

「そうですか。ありがたく、戴きます……」

麟太郎は、握り飯を食べた。

握り飯は美味く、麟太郎の腹は落ち着いた。

「お待たせしましたね」

麟太郎が握り飯を食べ終えた頃、御隠居のさなが母屋から出て来た。

「いいえ。御隠居、御馳走さまでした」

麟太郎は、さなが握り飯を食べ終わるのを見計らって出て来たのに気が付いた。

「さあ。参りましょう」

さなは微笑み、框を下りた。

「はい……」

麟太郎は、框から立ち上がった。

隅田川は、吾妻橋を過ぎると大川と呼ばれている。

麟太郎と隠居のさなは、吾妻橋を渡って北本所、肥後国熊本新田藩江戸下屋敷の前に出た。そして、東の横川に向かった。

横川に架かっている業平橋を渡り、北十間川沿いの道を尚も東に進むと横十間川に出る。その横十間川沿いに亀戸天神があり、亀戸町があった。

亀戸天神は、学問の神様として江戸庶民に親しまれていた。

麟太郎とさなは、亀戸町に入った。

「さあ、何処から調べますか……」

さなは、亀戸の町を眺めた。

「ええと、先ずは茶店で一休みです」

麟太郎は、亀戸天神鳥居前の茶店にさなを誘った。

「おいでなさい……」

茶店の老亭主が麟太郎とさなを迎えた。

「茶を二つ、頼む……」

麟太郎は老亭主に注文し、さなと一緒に縁台に腰掛けた。

向い側に見える亀戸天神には、多くの参拝客が鳥居を潜っていた。

さなは、鳥居を潜る参拝客を眺めた。

「片平祐馬さん、此の亀戸町にいると良いんですがね」

「ええ……」

さなは頷いた。

「お待たせしました」

老亭主は、さなと麟太郎の傍に茶を置いた。

「亭主、ちょいと尋ねるが、此の界隈に片平さんって浪人は住んでいないかな」

麟太郎は、茶を飲みながら尋ねた。

「片平さんですか……」

老亭主は眉をひそめた。

「ええ。片平祐一郎か片平祐馬って名前の浪人です……」

「さあて、聞いた事、ありませんねえ」

老亭主は、申し訳なさそうに頭を下げた。

「そうか。造作を掛けたね」

麟太郎は労った。

老亭主は、奥に入って行った。

「本当に亀戸にいるのかしら……」

さなは、不安を過ぎらせた。

「御隠居、始めたばかりです。此からですよ」

麟太郎は苦笑した。

「ええ。で、此からどうします」

「先ずは、自身番に行って亀戸町に浪人の片平祐馬さんが暮らしていないか訊いてみます」

「そう、自身番ですか……」

さなは、声を弾ませた。

「ええ……」

麟太郎は微笑んだ。

「浪人の片平祐馬さんですか……」

亀戸町の自身番の店番は、町内名簿を捲りながら訊き返した。

「うむ。父親の片平祐一郎さんは既に亡くなり、母親と二人暮らしかもしれない」

麟太郎は告げた。

「父親は片平祐一郎さん、母親と二人暮らしですか……」

「ええ……」

麟太郎とさなは、町内名簿を調べる店番を見守った。

「さあて、浪人の片平祐馬さんも祐一郎さんも、亀戸町にはいませんねえ」

店番は、町内名簿を閉じた。

「そうか。いないか……」

麟太郎は眉をひそめた。

「はい……」

店番は頷いた。

「いや。造作を掛けたな。御隠居……」

麟太郎は、さなを促して自身番から離れた。

「やっぱり、亀戸町にはいないのかしら……」

さなは肩を落した。

「御隠居、未だ未だ、此からです」

麟太郎は笑い、自身番の向い側にある木戸番にさなを伴った。

木戸番屋は、店先で炭団、笊、渋団扇、草履などの荒物を売っていた。

麟太郎は、木戸番屋の奥に声を掛け、店先の縁台にさなを腰掛けさせた。

「邪魔をするよ」

「いらっしゃい……」

老木戸番が奥から出て来た。

「やあ。ちょいと訊きたい事があってね……」

麟太郎は、老木戸番に小粒を握らせた。

「は、はい。何なりと……」

老木戸番は、小粒を握り締めて歯のない口を綻ばせた。

「亀戸に片平祐馬って浪人がいる筈なんだが、知らないかな……」

麟太郎は尋ねた。

「片平祐馬さん……」

老木戸番は眉をひそめた。

「ああ。父親の片平祐一郎さんが亡くなって母親と二人暮らしかもしれぬ……」

「旦那、自身番には……」

「訊いたが、自身番の町内名簿には載っていなかった」

「でしたら、亀戸町の周りの柳島村かな……」

老木戸番は、亀戸町の周囲の百姓地である柳島村にいるかもしれないと睨んだ。

「柳島村か……」

柳島村の百姓地に住む者なら、亀戸町の自身番の管轄ではない。

「麟太郎さん……」

さなは、戸惑いを滲ませた。

「空き家の百姓家や寺の家作を借りて暮らしているかもしれません」

麟太郎は説明した。

「あら。そうねえ……」

さなは、納得して頷いた。

「して、心当りないかな。片平祐馬さんに……」

麟太郎は、再び尋ねた。

「そう云えば、片平祐馬さんかどうかは知りませんが、二十年ぐらい前、天神さまの東隣の百姓地の空き家に浪人一家が住み着いたと聞いた覚えがあったかな……」

老木戸番は告げた。

「浪人一家……」

「ええ。確か浪人夫婦と十歳ぐらいの倅の三人家族だったと思うが……」

「御隠居……」

「ええ。その御浪人さんたち、今は……」

さなは尋ねた。

「さあ。大昔の事だし、柳島村は木戸番のあっしと拘わりないもんで……」

「ならば、その浪人家族の家は何処かな……」

麟太郎は、老木戸番を見据えた。

田畑の緑は微風に揺れた。

浪人親子の暮らしていた百姓家は、田畑の中の雑木林を背にして建っていた。

麟太郎とさなは、老木戸番に誘われて百姓家を訪れた。

百姓家は既に空き家となっており、荒れ果てていた。

麟太郎は、百姓家の中を調べた。

土間には土埃が溜まり、竈の灰は冷たく固まり、板の間や座敷の床は抜けていた。

空き家になって既に何年も経っている。

麟太郎は読んだ。

「どうやら誰も住んでいませんね」

「ええ……」

「で、住んでいた浪人の家族が片平一家かどうか……」

「確かめる手立て、ありますか……」

さなは眉をひそめた。

「ええ。父っつあん、此の辺りで弔いをするなら、寺は何処かな」

「さあて、この界隈なら光源寺かな」

老木戸番は告げた。

「光源寺……」

麟太郎は、老木戸番に光源寺の場所を尋ねた。

光源寺は亀戸天神と陸奥国弘前藩江戸下屋敷の裏にあり、本堂から住職の読む経が響いていた。

麟太郎は、さなを伴って光源寺を訪れた。

「ああ。あの百姓家に住んでいた御浪人一家は、片平どのですよ」

光源寺の老住職の雲海は、浪人一家を片平家だと云った。

「御隠居……」

麟太郎は、漸く突き止めた。

「はい。それで和尚さま、片平祐一郎さまは亡くなったと聞きましたが……」

さなは尋ねた。

「ええ。父親の祐一郎どのは、十年程前ですか、病で亡くなりましてね。奥さまは五年前に……」

「亡くなられたのですか……」

「左様。それで、一人残った息子の祐馬さんが弔いましてね」

「祐馬さんが……」

「ええ。近所の者たちとも付合いがなく、弔問客のいない淋しい弔いでしたよ」

「それで、祐馬さんは……」

「弔いを終え、いつの間にかいなくなっていましてねえ」

「いつの間にか……」

　さなは困惑した。

「ええ。それ以来、片平祐馬さんは……」

　雲海は言葉を濁した。

「見掛けた事はありませんか……」

　麟太郎は読んだ。

「ええ。ですが、時々、片平家の墓に花が供えられていましてね。誰かが墓参りに来ているようです」

　雲海は告げた。

「じゃあ、祐馬さんが……」

　さなは気が付いた。

「かもしれません……」

　雲海は頷いた。

「そうですか……」

「御住職、その後、片平祐馬さんに就いて何か……」

「さあて。そう云えば去年、うちの寺男が浅草は広小路で、片平祐馬さんを見掛けたと云っていた事があったかな……」

雲海は首を捻った。

「御隠居……」

「去年、浅草広小路で……」

さなは眉をひそめた。

片平祐馬は、両親を亡くして天涯孤独の身となり、江戸の町に出たようだ。

さなと麟太郎は知った。

その後、さなは片平祐一郎と妻の墓に手を合わせ、供養料を置いて光源寺を後にした。

麟太郎は続いた。

さなの足取りは重く、その後ろ姿には微かな不安が漂っていた。


不忍池は夕陽に染まった。

南町奉行所臨時廻り同心梶原八兵衛は、亀吉に誘われて不忍池の畔を急いだ。

行く手の雑木林の傍に人々が集まり、恐ろしげに言葉を交わしていた。

「ちょいと御免よ……」

亀吉は、梶原と集まっている人々の間を雑木林に入って行った。

雑木林の中には、辰五郎たちがいた。

「親分……」

亀吉が梶原を誘って来た。

「梶原の旦那……」

「やあ、連雀町の。仏さんは……」

「こっちです……」

辰五郎は、梶原を大木の傍に誘い、筵を捲った。

縞の半纏を着た男の死体を見せた。

梶原は、死体に手を合わせて検めた。

縞の半纏を着た男は、正面から袈裟懸けに斬られて死んでいた。

「袈裟懸けの一太刀か……」

「はい。悲鳴を聞いて駆け付けた人によれば、総髪の浪人が立ち去って行ったそうです」

「総髪の浪人……」

「はい……」

「して、仏は何処の誰だ……」

「丈吉って博奕打ちでしてね。死に際に片平の野郎と云ったそうです」

辰五郎は告げた。

「片平か……」

梶原は、厳しさを滲ませた。

「ええ。ひょっとしたら斬った総髪の浪人の名前かもしれませんね」

辰五郎は読んだ。

「うむ……」

梶原は頷いた。

「片平ですか……」

浪人の片平……。

何処かで聞いた覚えのある名前だ。

亀吉は眉をひそめた。

陽は沈み、雑木林は風に梢を鳴らした。

三

片平祐馬は、江戸の賑わいに紛れ込んだ。

捜す手掛りは途切れ、一段と難しくなった。

だが、呉服屋『京屋』の御隠居さなは、諦めずに捜すと麟太郎に告げた。

麟太郎は、さなを呉服屋『京屋』に送って元浜町の閻魔長屋に帰って来た。

「麟太郎さん……」

閻魔堂の前に亀吉がいた。

「やあ。亀さん……」

麟太郎は、微かな戸惑いを覚えた。

「ちょいと、一杯やりましょうか……」

亀吉は誘った。

何かあった……。

「ええ……」

麟太郎は頷いた。

閉店前の蕎麦屋に客は少なかった。

麟太郎と亀吉は、店の隅で蕎麦を肴に酒を飲み始めた。

「亀さん、何か……」

「呉服屋京屋の御隠居さんの人捜し、どうなりました……」

「うん。五年前迄いた処は突き止めたのですが、それからの事は未だです」

麟太郎は、手酌で酒を飲んだ。

「江戸にはいるのですか……」

「ええ。浅草広小路で見掛けられていました」

「浅草広小路……」

「ええ。江戸の賑わいに紛れ込んだとしたら、これからが難しいかもしれません」

「そうですね」

「して、亀さんの方は何か……」

「実はね、麟太郎さん。夕暮れ時、不忍池の雑木林で博奕打ちが総髪の浪人に斬り殺されましてね」

亀吉は、猪口の酒を飲み干した。

「博奕打ちが総髪の浪人に……」

「ええ。で、博奕打ち、駆け付けた人に片平の野郎と云い残して死んだそうです」

亀吉は、麟太郎を見据えた。

麟太郎は眉をひそめた。

「片平の野郎……」

「ええ……」

「亀さん……」

「麟太郎さん、京屋の御隠居が捜している元御家人の倅、片平と云いましたね」

亀吉は訊いた。

「ええ。片平祐馬です」

「やっぱり……」

「して、亀さん、殺された博奕打ち、何て名前で何処の貸元の賭場に出入りしているんですか……」

麟太郎は訊いた。

「名前は丈吉、浅草は聖天の長兵衛って貸元の処に出入りしている博奕打ちです」

「ならば、斬った片平って浪人も、聖天町の長兵衛の賭場に出入りしているかも

「……」

麟太郎は読んだ。

「きっと……」

亀吉は頷いた。

「ま、丈吉を斬り殺した浪人の片平が、御隠居の捜している片平祐馬かどうかは分かりませんが、調べてみるべきでしょうね」

「ええ……」

「そうですか、片平って浪人ですか……」

麟太郎は、小さな吐息を洩らした。

「京屋の御隠居さんですか……」

「ええ。此の事がはっきりする迄、未だ云わない方が良いでしょうね」

「そりゃあもう……」

亀吉は頷いた。

「そうですよね」

麟太郎は苦笑した。

「えっ。此からは一人で捜す……」

隠居のさなは眉をひそめた。

「はい。今日からは江戸の盛り場や場末の町を捜してみますので……」

「私は足手纏いですか……」

さなは、麟太郎を見詰めた。

「はい。正直に云って……」

麟太郎は、厳しい面持ちで頷いた。

「片平祐馬さん、そんな処に……」

「かもしれないと云う事です」

麟太郎に小細工はなかった。

「分かりました。麟太郎さん、何卒宜しくお願い致します」

さなは、手を付いて深々と頭を下げた。

「はい。何か分かれば直ぐに御報せ致します。では、此にて……」

麟太郎は、さなのいる屋敷を出た。

さなは、立ち去って行く麟太郎に頭を下げ続けた。

浅草広小路は賑わっていた。
麟太郎は、呉服屋『京屋』を出て周囲を見廻した。
不審な者がいなければ、変った様子もない。
麟太郎がそう思った時、呉服屋『京屋』の路地から顔を出した者がいた。
麟太郎は、咄嗟に暖簾の陰に身を引き、そっと路地を窺った。
路地から顔を出した者は、行交う大勢の人たちを見ていた。
旦那の善次郎だ……。
麟太郎は気が付いた。
呉服屋『京屋』の旦那の善次郎は、緊張した面持ちで行交う人を窺っていた。
何をしている……。
麟太郎は、怪訝な面持ちで暖簾の陰を出た。
善次郎は気が付き、慌てて路地の奥に引っ込んだ。
どうした……。
麟太郎は眉をひそめた。
まあ、良い……。
麟太郎は、呉服屋『京屋』から浅草広小路の雑踏に進み、浅草聖天町に向かった。

浅草聖天町は、吾妻橋の西詰（にしづめ）から隅田川沿いに続く山之宿町（やまのしゆくまち）の斜向いにあった。

博奕打ちの貸元長兵衛の『聖天一家』の店は、聖天町の外れにあった。

麟太郎は、『聖天一家』の店を窺った。

『聖天一家』の店の長押（なげし）には、〝聖天〟の文字も書かれた提灯（ちようちん）が並べられ、二人の三下が緊張した顔で張り番をしていた。

博奕打ちの丈吉が斬り殺され、『聖天一家』は厳しく警戒している。

麟太郎は読んだ。

「麟太郎さん……」

亀吉は、物陰から麟太郎を呼んだ。

麟太郎は、亀吉のいる物陰に入った。

「聖天一家、かなり警戒しているようですね」

「ええ。梶原の旦那が余計な真似はするなと釘を刺したんだが、裏で手下を忙しく走らせていますぜ」

「そうですか。して、丈吉を斬った片平は……」

麟太郎は訊いた。

「丈吉の口利きで、聖天一家の橋場町（はしばちょう）の賭場に出入りしていましたよ」

「丈吉の口利きで……」

麟太郎は、戸惑いを浮かべた。

「ええ。ですから、貸元の長兵衛や他の博奕打ちたちは、片平の名も素性も良く知らないそうですぜ……」

亀吉は、厳しい面持ちで告げた。

「そうですか……」

「で、どうします」

「片平、丈吉の口利きで長兵衛の賭場に出入りしていたなら、それなりに親しかった筈ですが、何故（なにゆえ）に斬り殺したのでしょうね」

麟太郎は眉をひそめた。

「丈吉と親しかった奴を当たってみますか……」

「いますか……」

「丈吉、新鳥越町（しんとりごえちょう）にある都鳥（みやこどり）って飲み屋の馴染（なじみ）だったとか……」

「新鳥越の都鳥……」

「ええ……」

「分かりました。行ってみます」

麟太郎は、『聖天一家』と貸元長兵衛を見張る亀吉を残して新鳥越町に急いだ。


浅草聖天町から北に進み、山谷堀(さんやぼり)を渡ると新鳥越町だ。

麟太郎は、新鳥越町の裏通りにある飲み屋『都鳥』を訪れた。

飲み屋『都鳥』は開店前であり、女将(おかみ)のおときが狭い店の掃除をしていた。

麟太郎は、女将のおときに博奕打ちの丈吉が常連だったか尋ねた。

「丈吉さん、良く来てくれていましたよ」

女将のおときは、丈吉が殺されたのを知っていた。

「片平って浪人と一緒に来なかったかな」

「来ていましたよ。片平さんと……」

おときは、丈吉が片平に斬り殺されたのは知らないのだ。

「そうか。で、どんな話をしていたかな」

「そうですねえ。話していたと云っても、喋るのは丈吉ばかりで、片平さんは無口なのか、余り喋らず黙っていましたよ」

「丈吉、どんな話をしていたかな」

「旗本の若様や大店の旦那を賭場に誘い、最初は勝たせて夢中にさせ、それから負け込ませて借金漬けにし、金蔓にして食い物にするんだって……」

おときは、呆れたように告げた。

「へえ。旗本の若様や大店の旦那を金蔓にして食い物にするか……」

「ええ。得意気にね」

「して、食い物にされた旗本の若様や大店の旦那、何処の誰か分かるかな」

「さあ、そこ迄は……」

おときは首を捻った。

「ならば、浪人の片平は、その話を聞いて何か云っていなかったかな」

「さあ、何も云わず、黙ってお酒を飲んでいましたよ」

「そうか……」

博奕打ちの丈吉を斬った浪人の片平の名や素性は分からず、呉服屋『京屋』の隠居さなが捜している片平祐馬かどうかは摑めなかった。そして、博奕打ちの丈吉は、旗本の若様や大店の旦那を博奕の借金漬けにして金蔓にしていたのだ。

浪人の片平が丈吉を斬ったのは、そうした事と拘わりがあるのか……。

「で、女将さんには、浪人の片平はどんな風に見えたかな」

「そうですねえ。無口で物静かで、何を考えているのか分からない人ですけど、ちらりと見せた笑顔は優しげで穏やかでしたよ」

おときは、小さな笑みを浮かべた。

「優しげで穏やかな笑顔……」

麟太郎は呟いた。

ひょっとしたら、さなの捜している片平祐馬なのかもしれない。

麟太郎は、複雑な思いに駆られた。


「どうでした……」

亀吉は、『聖天一家』の店を見張りながら戻って来た麟太郎に尋ねた。

「浪人の片平の名前や素性は分からなかったのですが、丈吉は旗本の若様や大店の旦那を博奕の借金漬けにして食い物にしていたようですよ」

「丈吉が……」

「ええ。都鳥で片平に得意気に話していたとか。浪人の片平はそれに拘わり、丈吉を斬ったのかもしれません」

「旗本の若様や大店の旦那が借金漬けにされ、食い物にされていましたか……」

亀吉は眉をひそめた。

「ええ。聖天一家の貸元の長兵衛は、その辺の事は何も云っちゃあいませんでしたか……」

「ええ……」

「長兵衛、知っていて惚けているんじゃあないでしょうね」

「もし、知っていて惚けているとなると……」

「長兵衛を始めとした聖天一家ぐるみの企みかもしれませんね」

麟太郎は読んだ。

「ええ……」

亀吉は頷いた。

「亀さん……」

麟太郎は、『聖天一家』の店を示した。

羽織を着た肥った初老の男が、二人の浪人と三下を従えて出て来た。

「羽織の肥った年寄りが、貸元の聖天の長兵衛ですぜ……」

亀吉は告げた。

「奴が長兵衛ですか……」

「ええ。用心棒と三下を従えて何処に行くのか……」

聖天の長兵衛は、二人の用心棒と三下を従えて浅草寺の裏手に向かった。

「どうします」

「追いますよ」

「じゃあ一緒に……」

亀吉と麟太郎は、聖天の長兵衛たちを追った。

聖天の長兵衛は、二人の用心棒と三下を従えて浅草寺の裏手を抜けて田畑の中の道を進んだ。

「此のまま進めば入谷ですか……」

麟太郎は睨んだ。

「ええ。聖天一家には入谷にも賭場があると聞いています。きっと、そこかも……」

亀吉は読んだ。

聖天の長兵衛は、二人の用心棒と三下を従えて入谷に入り、寺の連なりに進んだ。

雑木林を背にした小さな古寺があった。

聖天の長兵衛は、二人の用心棒と三下を従えて小さな古寺の山門を潜った。

亀吉と麟太郎は見届けた。

「賭場ですぜ……」

亀吉は、小さな古寺を聖天一家の賭場だと睨んだ。

「ええ……」

麟太郎は、喉を鳴らして頷いた。

夕陽は、東叡山寛永寺の伽藍を染めて沈み始めた。

小さな古寺の山門には三下が立ち、訪れる賭場の客を検めていた。

「こんな時に御開帳とは、貸元の聖天の長兵衛、意地になっているのかも……」

亀吉は睨んだ。

「ええ……」

麟太郎は苦笑した。

刻が過ぎ、賭場の客が出入りした。

「麟太郎さん……」

亀吉は、暗い夜道の一方を示した。

背の高い着流しの男がやって来た。

麟太郎と亀吉は、木陰に潜んで見守った。

背の高い着流しの男は、総髪の浪人だった。

片平か……。

麟太郎は眉をひそめた。

着流しの総髪の浪人は、落ち着いた足取りで小さな古寺の山門に近付いた。

麟太郎と亀吉は見守った。

山門にいた二人の三下は、着流しの総髪の浪人に声を掛けた。

次の瞬間、着流しの総髪の浪人は、二人の三下を殴り、当て落した。

二人の三下は、気を失って倒れた。

着流しの総髪の浪人は、小さな古寺に向かった。

「亀さん、片平だ……」

麟太郎は、着流しの総髪の浪人を片平だと見定め、小さな古寺の山門に走った。

亀吉は続いた。

小さな古寺の賭場は、盆茣蓙（ぼんござ）を囲む客たちの熱気と煙草（たばこ）の煙に満ちていた。

聖天の長兵衛は、二人の用心棒の浪人に護られて胴元の座にいた。そして、博奕打ちたちが鋭い眼差しで客や辺りを窺っていた。

麟太郎と亀吉は、次の間に置かれた酒の傍に座って賭場を窺った。

浪人の片平は、何処に行ったのか賭場にはいなかった。

「片平、何処に行ったんですかね……」

麟太郎は、湯呑茶碗に酒を注ぎながら辺りを見廻した。

「麟太郎さん、こいつは何か起きますぜ」

亀吉は緊張を滲ませた。

「えっ……」

麟太郎は戸惑った。

次の瞬間、突き飛ばされた博奕打ちが盆茣蓙の上に倒れ込んだ。

客たちは驚き、狼狽えた。

片平が現れ、博奕打ちたちを蹴散らして聖天の長兵衛の元に進んだ。

「賭場荒しだ……」

「片平だ……」

「片平の賭場荒しだ……」

博奕打ちたちは、声を引き攣らせて喚いた。
客たちは我先に逃げようと混乱した。
怒声と悲鳴が交錯した。
用心棒の一人が片平に斬り掛かり、残る用心棒が長兵衛を連れて逃げた。
片平は、用心棒と激しく斬り結んだ。
賭場は混乱した。
片平は、用心棒を斬り棄てて長兵衛を追った。
「麟太郎さん……」
亀吉は斬られた浪人に走り、麟太郎は片平を追った。
燭台が倒れて盆茣蓙が燃え上がり、賭場は激しく混乱した。

四

聖天一家の入谷の賭場は、浪人の片平に荒された。
博奕の客たちは散り、貸元の聖天の長兵衛は用心棒に護られて逃げた。
浪人の片平は、小さな古寺の裏手に追って出て、周囲の闇を透かし見た。

周囲の闇は静寂に満ちていた。

「おのれ……」

片平は見定め、苦笑した。

「片平どの……」

片平は、呼び掛ける声に振り返った。

麟太郎がいた。

片平は、黙って麟太郎を見据えた。

「おぬし、片平祐馬どのか……」

麟太郎は訊いた。

片平は眉をひそめた。

「そうだな。亀戸にいた片平祐馬どのだな」

麟太郎は念を押した。

「おぬしは……」

片平は、麟太郎を見詰めた。

「私は青山麟太郎。ある人に頼まれた元御家人片平祐一郎どのの倅、片平祐馬どのを捜している」

麟太郎は、片平を見据えて告げた。

「ある人だと……」

片平は眉をひそめた。

「左様。おぬし、片平祐一郎どのの倅、片平祐馬どのに間違いないな」

麟太郎は念を押した。

「違う……」

片平は、薄笑いを浮かべた。

「違う……」

「ああ。片平は片平だが、祐馬と云う名ではない……」

「祐馬ではない……」

麟太郎は眉をひそめた。

「ああ……」

片平は、嘲(あざけ)りを過(よ)ぎらせた。

「ならば、片平何と申すのだ」

「片平、月之助(つきのすけ)……」

片平は、雲間から現れた月を眺めた。

偽名だ……。

麟太郎は気が付いた。

「俺は片平月之助だ……」

片平は、楽しげな笑みを浮かべた。

此以上押した処で、片平は己が祐馬だとは認めはしない。

麟太郎は見定め、話題を変えた。

「ならば何故、博奕打ちの丈吉を斬ったのだ」

麟太郎は、片平を見据えた。

「丈吉は、大店の旦那を博奕に引き摺り込んで如何様博奕で借金を作らせ、金蔓にして食い物にする悪党だ。斬り棄てるのに情け容赦は要らぬ……」

片平は、冷ややかに云い放った。

「丈吉に金蔓にされた者におぬしの知り合いがおり、そいつを助ける為か……」

麟太郎は読んだ。

「いや。俺の知り合いに、悪党の金蔓にされる程の金持ちはいない……」

片平は苦笑した。

「ならば、今夜の賭場荒しは……」

「丈吉に大店の旦那たちを博奕に引き摺り込めと命じたのは、貸元の聖天の長兵衛だ……」

「ならば、貸元の聖天の長兵衛も斬り棄てるつもりか……」

「ああ、必ず……」

片平は、短く云い放って立ち去ろうとした。

「片平どの……」

麟太郎は呼び止めた。

片平は振り返った。

「おぬしを捜す者が誰か、知りたくはないのか……」

「俺は片平月之助、片平祐馬ではない……」

片平は、無表情に告げて麟太郎に背を向けて歩き出した。

麟太郎は見送った。

「麟太郎さん……」

亀吉が現れた。

「亀さん、奴が片平祐馬に違いありません」

麟太郎は、立ち去る片平を見据えた。

「分かりました。あっしが先に尾行ます。後から来て下さい」

亀吉は告げた。

「片平はかなりの遣い手、気を付けて下さい」

麟太郎は心配した。

「承知……」

亀吉は、暗がり伝いに片平を追った。

麟太郎は続いた。

浪人の片平は、入谷を出て奥州街道裏道を横切り、坂本町三丁目の辻を根岸に向かった。

亀吉は尾行た。

行き先は根岸の里か……。

麟太郎は続いた。

石神井用水のせせらぎは月明かりに輝いた。

浪人の片平は、石神井用水沿いの小径を進み、時雨の岡の近くにある垣根に囲まれた小さな家に入った。

亀吉は木陰から見張った。

「亀さん……」

麟太郎が、亀吉に駆け寄って来た。

「あの家です……」

亀吉は、石神井用水越しに暗い小さな家を指差した。

麟太郎は、暗い小さな家を見詰めた。

次の瞬間、小さな家に明かりが灯された。

麟太郎は、片平祐馬について僅かに知った。

分からないのは、片平祐馬が何故に博奕打ちの丈吉を斬り棄て、貸元の長兵衛の命を狙うのかだ。

丈吉が如何様博奕で大店の旦那を金蔓にする悪党だからか……。

片平は、丈吉や長兵衛に食い物にされている者に知り合いはいないと云っていた。

それは本当なのか……。

麟太郎は、想いを巡らせた。

呉服屋『京屋』は、女客で賑わっていた。

麟太郎は、呉服屋『京屋』に入るのを躊躇った。

片平祐馬は見付けた。だが、片平祐馬は博奕打ちの丈吉を斬り殺し、貸元の聖天の長兵衛の命も狙っている人殺しなのだ。

御隠居のさなにその事実を教えて良いものかどうか……。

麟太郎は迷い、呉服屋『京屋』の店内を窺った。

店内では、手代たちが客に様々な反物を見せ、帳場では旦那の善次郎と番頭が何事かを打ち合わせていた。

旦那の善次郎……。

昨日、旦那の善次郎は緊張した面持ちで店の表を窺っていた。

麟太郎は思い出した。

善次郎は、何か秘密でも抱えているのかもしれない。

麟太郎の勘が囁(ささや)いた。

善次郎は、番頭に何事かを命じて帳場から立ち去った。

御隠居のさなに逢(あ)う前に善次郎を見張ってみるか……。

麟太郎は決めた。

四半刻(しはんとき)(約三十分)が過ぎた。

呉服屋『京屋』の裏手に続く路地から旦那の善次郎が出て来た。

動く……。

麟太郎は見守った。

善次郎は、浅草広小路の雑踏を吾妻橋の西詰に向かった。

何処に行く……。

麟太郎は、善次郎を追った。


善次郎は物陰に潜み、浅草聖天町の『聖天一家』の店を窺った。

善次郎が聖天一家に何の用だ……。

麟太郎は見守った。

『聖天一家』の店は、片平に賭場を荒されて警戒を厳しくし、博奕打ちと浪人たちが忙しく駆け出して行った。

善次郎は物陰に隠れ、怯(おび)えたような面持ちで見送り、その場を離れた。

麟太郎は追った。

善次郎は、聖天町から金龍山下瓦町を足早に抜けて隅田川に向かった。

隅田川には荷船が行き交っていた。

善次郎は、隅田川の川端に佇んで怯えた面持ちで流れを見詰めた。

「博奕の借金で脅されましたか……」

善次郎は、麟太郎の声に振り返った。

麟太郎は近付いた。

「あ、青山さま……」

善次郎は、思わず後退りをした。

「善次郎の旦那、博奕打ちの丈吉に聖天の長兵衛の賭場に案内され、気が付いたら博奕の負けが込み、高利の借金を背負わされていましたか……」

麟太郎は読んだ。

善次郎は項垂れ、小刻みに震えた。

「そうなんですね……」

麟太郎は念を押した。

「はい……」

善次郎は、がっくりと跪いた。

「博奕の負けが込み、いつの間にか三百両もの借金が……」

「三百両……」

麟太郎は眉をひそめた。

「はい……」

善次郎は頷いた。

「旦那、そいつは、貸元の長兵衛の指図した如何様博奕だった……」

「如何様……」

「旦那、博奕打ちの丈吉が斬り殺されたのを知っていますか……」

「丈吉が……」

善次郎は驚いた。

「ああ。そして、丈吉を斬り棄てた奴は、貸元の聖天の長兵衛の命も狙っている」

「あ、青山さま、それはまことの事にございますか……」

「うん。此処は余計な事を考えず、大人しくしているんです」

「はい……」

「それから善次郎の旦那、片平祐馬と云う浪人を知っていますか……」

「片平祐馬さま……」

善次郎は眉をひそめた。

「うん……」

「いいえ。存じませんが……」

善次郎は、首を横に振った。

「そうか、知らぬか……」

「はい。青山さま、その片平祐馬さまが何か……」

「いや。知らぬなら良い。早く京屋に帰るのだな……」

「はい……」

善次郎は、麟太郎に深々と頭を下げて隅田川沿いの道を帰って行った。

麟太郎は見送った。

片平祐馬は、善次郎の為に博奕打ちの丈吉を斬り棄て、聖天の長兵衛の命を狙っているのかもしれない。

麟太郎の勘が囁いた。

もしそうだとしたら何故だ……。

麟太郎にある疑念が湧いた。

隅田川の流れは深緑色だった。

梶原八兵衛は、辰五郎や亀吉によって博奕打ちの丈吉と聖天の長兵衛の悪辣な企みを知り、脅された者の証言を取った。

「よし。先ずは聖天の長兵衛をお縄にするよ」

八兵衛は、辰五郎や亀吉、捕り方たちを率いて聖天一家に踏み込み、貸元の長兵衛をお縄にした。


根岸の里に水鶏の鳴き声が響いた。

小さな家から片平祐馬が現れ、辺りを鋭く見廻した。

博奕打ちが潜んでいる気配はない……。

片平祐馬は見定め、石神井用水沿いの小径を進んで時雨の岡に上がった。そして、時雨の岡の不動尊に手を合わせた。

「聖天の長兵衛を斬り棄てに行くなら無用な事だ……」

御行の松の陰から麟太郎が現れた。

「何故だ……」

片平は、麟太郎を見詰めた。

「貸元の長兵衛はお縄になり、聖天一家は叩き潰された」

「そうか、長兵衛、お縄になったか……」

片平は、冷ややかな笑みを浮かべた。

「うん。最早、呉服屋京屋の旦那善次郎を脅し、苦しめる者はいない……」

麟太郎は告げた。

「おぬし……」

片平は、麟太郎を鋭く見据えた。

「善次郎を助ける為に丈吉を斬ったな」

麟太郎は読んだ。

「私は父が母以外の女に産ませた子でな……」

片平は、苦笑いを浮かべて思わぬ事を語り始めた。

「で、赤子の時、父の許に引き取られて育った。実の母は商人と一緒になり、行商をしながら自分たちの店を作り、子を成し、幸せに暮らしている……」

片平は、呉服屋『京屋』の隠居さなの事を話し始めたのだ。

それは、片平が隠居のさなの捜している祐馬だと云う証だった。

隠居のさなと片平祐馬は、実の母子なのだ。

麟太郎は知った。

「私は子として実の母の幸せを喜んだ。その昔、何故に私を父に渡したかは知らぬが、御家人と町方の女、母は辛く哀しい思いをしたのは間違いない筈だ。私はそうして幸せを手にした母を哀しませたくなかった……」

「それ故、父親違いの弟を助けようとしたのか……」

麟太郎は読んだ。

「違う。私は如何様博奕で悪辣な真似をしている丈吉が許せなく、無礼討ちにした迄だ」

片平は笑った。

屈託のない明るい笑いだった。

「片平どの……」

「私は片平祐馬ではない……」

片平は、時雨の岡を下りて石神井用水傍の小さな家に戻って行った。

その後ろ姿に後悔や恐れはなく、微かな安堵が漂っていた。

麟太郎は立ち尽くした。

呉服屋『京屋』の母屋の座敷は、静けさに満ちていた。

麟太郎は、御隠居のさなと向かい合った。

「それで麟太郎さん、片平祐馬は……」

「片平祐馬は見付かりませんでした……」

「見付からない……」

さなは、厳しさを滲ませた。

「ですが、片平月之助なる者と出逢いました」

「片平月之助……」

さなは眉をひそめた。

「ええ。おそらく偽名です」

「偽名……」

「はい。片平月之助、博奕打ちの丈吉と云う悪党を無礼討ちで斬り棄てましてね」

「斬り棄てた……」

さなは息を飲んだ。

「ええ。博奕打ちの丈吉は旗本の若様や大店の旦那を博奕に引き摺り込んで借金を作らせ、脅しを掛けて金蔓にしていましてね。片平月之助はそれが許せぬと……」

「大店の旦那を金蔓……」

「はい。して、片平月之助は己の出生について知っていましてね。実の母が行商人から苦労して店を持ち、子供にも恵まれ、今は幸せに暮らしていると喜んでおりました」

「麟太郎さん……」

　さなは顔色を変えた。

「ええ。で、辛く哀しい思いをして漸く幸せになった実の母を哀しませたくなかったと……」

　麟太郎は、さなを見据えて告げた。

「じゃあ、善次郎が……」

　さなは気が付いた。

「おそらく、丈吉に誘われて賭場に出入りし、博奕の借金を作り、脅されていた。それを知った片平祐馬は、無礼討ちと称して丈吉を斬り棄て、企みの張本人である貸元の聖天の長兵衛の命も狙ったのです」

　麟太郎は告げた。

「じゃあ、じゃあ祐馬は、祐馬は弟の善次郎を守る為に……」

さなは呆然とした。

「きっと……」

麟太郎は頷いた。

「そんな……」

「そして、片平祐馬は実の母親や弟に迷惑を掛けるのを恐れ、片平月之助と偽名を名乗り、世間の隅でひっそりと生きて行くつもりなのです」

「祐馬……」

隠居のさなの眼から涙が零れた。

「御隠居、此以上、捜されるのは、片平祐馬には迷惑な事なのかもしれません」

麟太郎は告げた。

「麟太郎さん……」

「片平月之助は根岸の里で暮らしています」

「根岸の里……」

「はい。どうやら私の仕事は終わったようです。では……」

麟太郎は、隠居のさなに一礼して母屋の座敷を後にした。

さなの嗚咽(おえつ)が聞こえた。

絞り出したような辛く哀しい嗚咽だった。

　麟太郎は、さなの嗚咽を背中で聞きながら廊下を店に向かった。


「麟太郎が……」

　南町奉行根岸肥前守(ねぎしひぜんのかみ)は眉をひそめた。

「はい。梶原八兵衛に片平なる浪人が博奕打ちの丈吉を斬り棄てたのを無礼討ちで始末して欲しいと、願い出たそうにございます」

　内与力(うちよりき)正木(まさき)平九郎(へいくろう)は告げた。

「して、梶原は何と申しているのだ」

「丈吉は悪党。お縄にしていれば、聖天の長兵衛同様に遠島か死罪。無礼討ちで始末しても構わないのではないかと……」

「よし。梶原がそう申しているのなら、それなりの理由があるのだろう。無礼討ちで始末を致すが良い」

　肥前守は命じた。

「はっ、心得ました」

「それにしても麟太郎、いろいろ首を突っ込み、相変わらず忙しい奴だ……」

肥前守は苦笑した。

地本問屋『蔦屋』の女主お蔦は、麟太郎が夜を徹して書き上げた絵草紙の原稿を読み始めた。

麟太郎は、湧き上がる眠気を堪えてお蔦が読み終えるのを待った。

時々、お蔦は原稿を前に戻って読み直した。

麟太郎の眠気はその度に消えては、直ぐに舞い戻って来ていた。

「うん。世は情け怒りの無礼討ち、面白いじゃあない……」

お蔦は、原稿を読み終えて微笑んだ。

「そうか。ありがたい……」

麟太郎の気が緩んだ。

湧き上がる眠気は、気の緩んだ麟太郎に一挙に満ち溢れた。

麟太郎は、眠りに落ちた。

煩い程の鼾を搔いて……。

本書は文庫書下ろし作品です。

|著者|藤井邦夫　1946年北海道旭川市生まれ。テレビドラマ「特捜最前線」で脚本家デビュー。刑事ドラマ、時代劇を中心に、監督、脚本家として多数の作品を手がける。2002年に時代小説作家としてデビュー。'19年、「新・秋山久蔵御用控」（文春文庫）と「新・知らぬが半兵衛手控帖」（双葉文庫）で第8回日本歴史時代作家協会賞（文庫書き下ろしシリーズ賞）を受賞。その他、「大江戸閻魔帳」（講談社文庫）、「御刀番 左京之介」（光文社文庫）、「江戸の御庭番」（角川文庫）、「素浪人稼業」（祥伝社文庫）など数々のシリーズを上梓。

福の神　大江戸閻魔帳㈥
藤井邦夫

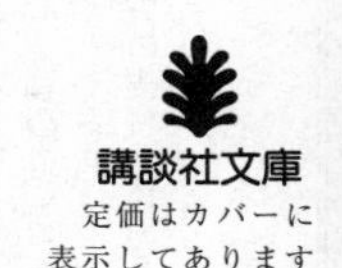

定価はカバーに
表示してあります

2021年11月16日第1刷発行

発行者――鈴木章一
発行所――株式会社　講談社
東京都文京区音羽2-12-21　〒112-8001
電話　出版（03）5395-3510
　　　販売（03）5395-5817
　　　業務（03）5395-3615
Printed in Japan

デザイン―菊地信義
本文データ制作―講談社デジタル製作
印刷―――豊国印刷株式会社
製本―――株式会社国宝社

ISBN978-4-06-526104-0

講談社文庫刊行の辞

二十一世紀の到来を目睫に望みながら、われわれはいま、人類史上かつて例を見ない巨大な転換期をむかえようとしている。

世界も、日本も、激動の予兆に対する期待とおののきを内に蔵して、未知の時代に歩み入ろうとしている。このときにあたり、創業の人野間清治の「ナショナル・エデュケイター」への志を現代に甦らせようと意図して、われわれはここに古今の文芸作品はいうまでもなく、ひろく人文・社会・自然の諸科学から東西の名著を網羅する、新しい綜合文庫の発刊を決意した。

激動の転換期はまた断絶の時代である。われわれは戦後二十五年間の出版文化のありかたへの深い反省をこめて、この断絶の時代にあえて人間的な持続を求めようとする。いたずらに浮薄な商業主義のあだ花を追い求めることなく、長期にわたって良書に生命をあたえようとつとめるところにしか、今後の出版文化の真の繁栄はあり得ないと信じるからである。

同時にわれわれはこの綜合文庫の刊行を通じて、人文・社会・自然の諸科学が、結局人間の学にほかならないことを立証しようと願っている。かつて知識とは、「汝自身を知る」ことにつきていた。現代社会の瑣末な情報の氾濫のなかから、力強い知識の源泉を掘り起し、技術文明のただなかに、生きた人間の姿を復活させること。それこそわれわれの切なる希求である。

われわれは権威に盲従せず、俗流に媚びることなく、渾然一体となって日本の「草の根」をかたちづくる若く新しい世代の人々に、心をこめてこの新しい綜合文庫をおくり届けたい。それは知識の泉であるとともに感受性のふるさとであり、もっとも有機的に組織され、社会に開かれた万人のための大学をめざしている。大方の支援と協力を衷心より切望してやまない。

一九七一年七月

野間省一